四时之书

盛夏，叫醒未眠的花

杨振声等◎著　苏陌◎编

吉林出版集团股份有限公司
全国百佳图书出版单位

图书在版编目（CIP）数据

四时之书·盛夏，叫醒未眠的花 / 杨振声等著；苏陌编. -- 长春：吉林出版集团股份有限公司，2020.9
（中国名家精品书系）
ISBN 978-7-5581-8624-0

Ⅰ. ①四… Ⅱ. ①杨… ②苏… Ⅲ. ①散文集－中国－现代 Ⅳ. ①I266

中国版本图书馆CIP数据核字(2020)第112149号

四时之书·盛夏，叫醒未眠的花
SISHI ZHI SHU·SHENGXIA, JIAOXING WEI MIAN DE HUA

杨振声等 著　苏 陌 编

策　　划	曹 恒	责任编辑	宋巧玲
执行策划	祖 航　林 丽	封面设计	文 武

开　　本	710mm×1000mm 1/16	出版/发行	吉林出版集团股份有限公司
印　　张	14	地　　址	吉林省长春市福祉大路5788号
字　　数	150千	邮　　编	130000
版　　次	2020年9月第1版	邮　　箱	tuzi8818@126.com
印　　次	2020年9月第1次印刷	电　　话	0431-81629968

北京洲际印刷有限责任公司　　ISBN 978-7-5581-8624-0　　定价 32.00元

版权所有　侵权必究

目录

红的果园 / 003

杨梅烧酒 / 007

翡冷翠山居闲话 / 018

蛙 / 022

溪 / 024

不易安眠 / 031

书房的窗子 / 035

饮食男女在福州 / 040

夜的奇迹 / 050

父亲的玳瑁 / 052

夏夜 / 061

萤 / 065

芒种的歌 / 071

端午节 / 077

雨后虹 / 087

松堂游记 / 097

非正式的公园 / 100

荷塘月色 / 105

福州的西湖 / 108

阴雨的夏日之晨 / 114

夏的歌颂 / 119

梦后 / 121

旅途 / 129

扬州的夏日 / 140

听潮 / 144

救火夫 / 148

囚绿记 / 158

桨声灯影里的秦淮河 / 162

燕居夏亦佳 / 175

儿女 / 177

南京 / 186

北海记游 / 193

蹲在洋车上 / 207

太太与西瓜 / 214

立夏
LI XIA
二十四节气

四时天气促相催,一夜薰风带暑来。
陇亩日长蒸翠麦,园林雨过熟黄梅。
莺啼春去愁千缕,蝶恋花残恨几回。
睡起南窗情思倦,闲看槐荫满亭台。

红的果园

萧 红

五月一开头这果园就完全变成了深绿。在寂寞的市梢上,游人也渐渐增多了起来。那河流的声音,好像喑哑了去,交织着的是树声、虫声,和人语的声音。

园前切着一条细长的闪光的河水,园后,那白色楼房的中学里边常常有钢琴的声音在夜晚散布到这未熟的果子们的中间。

从五月到六月,到七月,甚至于到八月,这园子才荒凉下来。那些树,有的在三月里开花,有的在四月里开花。但,一到五月,这整个的园子就完全是绿色的了,所有的果子就在这期间肥大了起来。后来,果子开始变红,后来全红,再后来——七月里——果子们就被看园人完全摘掉了,再后来,就是看园人开始扫着那些从树上自己落下的黄叶的时候。

园子在风声里面又收拾起来了。

但那没有和果子一起成熟的恋爱,继续到九月也是可能的。

园后那学校的教员室里的男子的恋爱,虽然没有完结,也就算完结了。

他在教员休息室里也看到这园子,在教室里站在黑板前面也看到这园子,因此他就想到那可怕的白色的冬天。他希望刚走去了的冬天接着再来,但那是不可能。

果园一天一天的在他的旁边成熟,他嗅到果子的气味就像坐在园里的一样。他看见果子从青色变成红色就像拿在手里看得那么清楚。同时园门上插着的那张旗子,也好像更鲜明了起来,那黄黄的颜色使他对着那旗子起着一种生疏、反感和没有习惯的那种感觉。所以还不等果子红起来,他就把他的窗子换上了一张蓝色的窗帷。

他怕那果子会一个一个的透进他的房里来,因此他怕感到什么不安。

果园终于全红起来了,一个礼拜,两个礼拜,差不多三个礼拜园子还是红的。

他想去问问那看园子的人,果子究竟要红到什么时候。但他一走上那去果园的小路,他就心跳,好像园子在眼前也要颤抖起来。于是他背向着那红色的园子擦擦眼睛,又顺着小路回来了。

在他走上楼梯时，他的胸膛被幻想猛烈的攻击了一阵：他看见她就站在那小道上，蝴蝶在她旁边的青草上飞来飞去。"我在这里……"他好像听到她的喊声似的那么震动。他又看到她等在小夹树道的木凳上，他还回想着，他是跑了过去的，把她牵住了，于是声音和人影一起消灭到树丛里去了。他又想到通夜在园子里走着的那景况……有时热情来了的时候，他们和虫子似的就靠着那树丛接吻了。朝阳还没有来到之前，他们的头发和衣裳就被夜露完全打湿了。

他在桌上翻开了学生作文的卷子，但那上面写着些什么呢？

"皇帝登极，万民安乐……"

他又看看另一本，每一本开头都有这么一段……他细看时，那并不是学生们写的，是用铅字已经替学生们印好了的，他翻了所有的卷子，但铅字是完全一样。

他走过去，把蓝色的窗帷放下来，他看到那已经熟识了的看园人在他的窗口下面扫着园地。

看园人说："先生！不常过来园里走走？总也看不见先生呢！"

"嗯！"他点着头，"怎么样？市价还好？"

"不行啦。先生，你看……这不是吗？"那人用竹帚的把柄指着太阳快要落下来的方向，那面飘着一些女人的花花的好像口袋一样大的袖子。

"这年头，不行了啊！不是年头……都让他们……让那些东西们摘了去啦！……"他又用竹帚的把柄指打着树枝，"先生……看这里……真的难以栽培，折的折，掉枝的掉枝……招呼她们不听，又哪敢招呼呢？人家是日本二大爷……"他又问："女先生，那位，怎么今年也好像总也没有看见？"

他想告诉他："女先生当××军去了。"但他没有说。他听到了园门上旗子的响声，他向着旗子的方向看了看，也许是什么假日，园门口换了一张大的旗——黄色的——好像完全黄色的。

看园子的人已经走远了，他的指甲还在敲着窗上的玻璃，他看着，他听着，他对着这"园子"和"旗"起着兴奋的情感，于是被敲着的玻璃更响了，假若游园的人经过他的窗下，也能够听到他的声音。

杨梅烧酒

郁达夫

病了半年,足迹不曾出病房一步,新近起床,自然想上什么地方去走走。照新的说法,是去转换转换空气;照旧的说来,也好去祓除祓除邪孽的不祥;总之久蛰思动,大约也是人之常情,更何况这气候,这一个火热的土王用事的气候,实在逼人不得不向海天空阔的地方去躲避一回。所以我首先想到的,是日本的温泉地带,北戴河,威海卫,青岛,牯岭等避暑的处所。但是衣衫褴褛,饘粥不全的近半年来的经济状况,又不许我有这一种模仿普罗大家的阔绰的行为。寻思的结果,终觉得还是到杭州去好些;究竟是到杭州去的路费来得省一点,此外我还有一位旧友在那里住着,此去也好去看他一看,在灯昏洒满的街头，也可以去和他叙一叙七八年不见的旧离。

像这样决心以后的第二天午后，我已经在湖上的一家小饭馆里和这位多年不见的老朋友在吃应时的杨梅烧酒了。

屋外头是同在赤道直下的地点似的伏里的阳光，湖面上满泛着微温的泥水和从这些泥水里蒸发出来的略带腥臭的汽层儿。大道上车夫也很少，来往的行人更是不多。饭馆的灰尘积得很厚的许多桌子中间，也只坐有我们这两位点菜要先问一问价钱的顾客。

他——我这一位旧友——和我已经有七八年不见了。说起来实在话也很长，总之，他是我在东京大学里念书时候的一位预科的级友。毕业之后，两人东奔西走，各不往来，各不晓得各的住址，已经隔绝了七八年了。直到最近，似乎有一位不良少年，在假了我的名氏向各处募款，说："某某病倒在上海了，现在被收留在上海的一个慈善团体的××病院里。四海的仁人君子，诸大善士，无论和某某相识或不相识的，都希望惠赐若干，以救某某的死生的危急。"我这一位旧友，不知从什么地方，也听到了这一个消息，在一个月前，居然也从他的血汗的收入里割出了两块钱来，郑重其事地汇寄到了上海的××病院。在这××病院内，我本来是有一位医士认识的，所以两礼拜前，他的那两元义捐和一封很简略的信终于由那一位医士转到了我的手里。接到了他这封信，并且另外更发现了有几处有我署名的未完稿件发表的事情之后，向远近四处去一打听，我才原原本本地晓得了那一位不良少年所做的在前面已经说过的把戏。而这一曲实在也是滑稽得很的小悲剧，现在却终于成了我们两个旧友的再见的原因。

他穿的是肩头上有补缀的一件夏布长衫，进饭馆之后，这件长衫却被两个纽扣吊起，挂在壁上去了。所以他和我都只剩了一件汗衫、一条短裤的野蛮形状。当然他的那件汗衫比我的来得黑，而且背脊里已经有两个小孔了，而我的一件哩，却正是在上海动身以前刚花了五毫银币新买的国货。

他的相貌，非但同七八年前没有丝毫的改变，就是同在东京初进大学预科的那一年，也还是一个样儿。嘴底下的一簇绕腮胡，还是同十几年前一样，似乎是刚剃过了三两天的样子，长得正有一二分厚，远看过去，他的下巴像一个倒挂在那里的黑漆小木鱼。说也奇怪，我和他同学了四五年，及回国之后又不见了七八年的中间，他的这一簇绕腮胡，总从没有过长得较短一点或较长一点的时节。仿佛是他娘生他下地来的时候，这胡须就那么地生在那里，以后直到他死的时候，也不会发生变化似的。他的两只似乎是哭了一阵之后的肿眼，也仍旧是同学生时代一样，只是蒙眬地在看着鼻尖，淡含着一味莫名其妙的笑影。额角仍旧是那么宽，颧骨仍旧是高得很，颧骨下的脸颊部仍旧是深深地陷入，窝里总有一个小酒杯好摆的样子。他的年纪，也仍旧是同学生时代一样，看起来，从二十五岁到五十二岁止的中间，无论哪一个年龄都可以看的。

当我从火车站下来，上离车站不远的一个暑期英算补习学校——这学校也真是倒霉，简直是像上海的专吃二房东饭的人家的两间阁楼——里去看他的时候，他正在那里上课。一间黑漆漆的矮屋里，坐着八九个十四五岁的呆笨的小孩，眼睛呆呆地在注视着黑板。他老先生背转了身，伸长了时时在起痉挛的手，尽在黑板上写数学的公式和演题，屋子里声息全无，只充满着滴滴答答的他的粉笔的响声。因此他那一个圆背和那件有一大块被汗湿透的夏布长衫，就很惹起了我的注意。我在楼下向他们房东问他的名字的时候，他在楼上一定是听见的，同时在这样静寂的授课中间，我的一步一步走上楼去的脚步声，他总也不会不听到的，当我上楼之后，他的学生全部向我注视的一层眼光，就可以证明，但是向来神经就似乎有点麻木的他，竟动也不动一动，仍在继续着写他的公式，所以我只好静静地在后一排学生的一个空位里坐落。他把公式演题在黑板上写满了，又从头至尾地看了一遍，看有没有写错，又朝黑板空咳了两三声，又把粉笔放下，将身上的粉末打了一打干净，才慢慢地转身来。这时候他的额上、嘴上，已经盛满了一颗颗的大汗，他的红肿的两眼，大约总也已满被汗水封没了吧，他竟没有看到我而若无其事地又讲了一阵，才宣告算学课毕，叫学生们走向另一间矮屋里去听讲英文。楼上起了动摇，学生们争先恐后地奔往隔壁的那间矮屋里去了，我才徐徐地立起身来，走近了他，把手伸出向他的黏湿的肩头上拍了一拍。

"噢，你是几时来的？"

终于他也表示出了一种惊异的表情，举起了他那两只蒙眬的老在注视鼻尖的眼睛。左手捏住了我的手，右手他就在袋里摸出了一块黑而且湿的手帕来揩他头上的汗。

"因为教书教得太起劲了，所以你的上来，我竟没有听到。这天气可真了不得。你的病好了吗？"

他接连着说出了许多前后不接的问我的话，这是他的兴奋状态的表示，也还是学生时代的那一种样子。我略答了他一下，就问他以后有没有课了。他说：

"今天因为甲班的学生，已经毕业了，所以只剩了这一班乙班，我的数学教完，今天是没有课了。下一个钟头的英文，是由校长自己教的。"

"那么我们上湖滨去走走，你说可以不可以？"

"可以，可以，马上就去。"

于是乎我们就到了湖滨，就上了这一家大约是第四五流的小小的饭馆。

在饭馆里坐下，点好了几盘价廉可口的小菜，杨梅烧酒也喝了几口之后，我们才开始细细地谈起别后的天米。

"你近来的生活怎么样？"开始头一句，他就问起了我的职业。

"职业虽则没有，穷虽则也穷到可观的地步，但是吃饭穿衣的几件事情，总也勉强地在这里支持过去。你呢？"

"我吗？像你所看见的一样，倒也还好。这暑期学校里教一个月书，倒也有十六块大洋的进款。"

"那么暑期学校完了就怎么办哩？"

"也就在那里的完全小学校里教书，好在先生只有我和校长两个，十六块钱一月是不会没有的。听说你在做书，进款大约总还好吧？"

"好是不会好的，但十六块或六十块里外的钱是每月弄得到的。"

"说你是病倒在上海的养老院里的这一件事情，虽然是人家的假冒，但是这假冒者何以偏又要来使用像你我这样的人的名义哩？"

"这大约是这位假冒者受了一点教育的毒害的缘故。大约因为他也是和你我一样地有了一点知识而没有正当的地方去用。"

"嗳，嗳，说起来知识的正当的用处，我到现在也正在这里想。我的应用化学的知识，回国以后虽则还没有用到过一天，但是，但是，我想这一次总可以成功的。"

谈到了这里，他的颜面转换了方向，不再向我看了，而转眼看向了外边的太阳光里。

"嗳，这一回我想总可以成功的。"

他简直是忘记了我，似乎在一个人独语的样子。

"初步机械二千元，工厂建筑一千五百元，一千元买石英等材料和石炭，一千元做广告，嗳，广告却不可以不登，总计五千五百元。五千五百元的资本。以后就可以烧制出品，算它只出一百块的制品一天，那么一三得三，一个月三千块，一年么三万六千块，打一个八折，三八两万四，三六一千八，总也还有两万五千八百块。以六千块还资本，以六千块做扩张费，把一万块钱来造它一所住宅，嗳，住宅，当然公司里的人是都可以来住的。那么，那么，只教一年，一年之后，就可以了……"

我只听他计算得起劲，但简直不晓得他在那里计算些什么，所以又轻轻地问他：

"你在计算的是什么？是明朝的演题吗？"

"不，不，我说的是玻璃工厂，一年之后，本利偿清，又可以拿出一万块钱来造一所共同的住宅，呀，你说多么占利啊！嗳，这一所住宅，造好之后，你还可以来住哩，来住着写书，并且顺便也可以替我们做点广告之类，好不好，干杯，干杯，干了它这一杯烧酒。"

莫名其妙，他把酒杯擎起来了，我也只得和他一道，把一杯杨梅已经吃了剩下来的烧酒干了。他干下了那半杯烧酒，紧闭着嘴，又把眼睛闭上，陶然地静止了一分钟。随后又张开那双红肿的眼睛，大声叫着茶房说：

"堂倌，再来两杯！"

两杯新的杨梅烧酒来后，他紧闭着眼，背靠着后面的板壁，一只手拿着手帕，一次一次地揩拭面部的汗珠，一只手尽是一个一个地拿着杨梅在对嘴里送。嚼着靠着，眼睛闭着，他一面还尽在哼哼地说着：

"嗳，嗳，造一间住宅，在湖滨造一间新式的住宅。玻璃，玻璃么，用本厂的玻璃，要斯断格拉斯（钢化玻璃）。一万块钱，一万块大洋。"

这样地哼了一阵，吃杨梅吃了一阵了，他又忽而把酒杯举起，睁开眼叫我说：

"喂，老同学，朋友，再干一杯！"

我没有法子，所以只好又举起杯来和他干了一半，但看看他的那杯高玻璃杯的杨梅烧酒，却是杨梅与酒都已吃完了。喝完酒后，一面又闭上眼睛，向后面的板壁靠着，一面他又高叫着堂倌说：

"堂倌！再来两杯！"

堂倌果然又拿了两杯盛得满满的杨梅与酒来，摆在我们的面前。他又同从前一样地闭上眼睛，靠着板壁，再一个杨梅、一个杨梅地往嘴里送。我这时候也有点喝得醺醺地醉了，所以什么也不去管它，只是沉默着在桌上将两手叉住了头打瞌睡，但是在还没有完全睡熟的耳旁，只听见同蜜蜂叫似的他在哼着说：

"啊，真痛快，痛快，一万块钱！一所湖滨的住宅！一个老同学，一位朋友，从远地方来，喝酒，喝酒，喝酒！"

我因为被他这样地在那里叫着，所以终于睡不舒服。但是这伏天的两杯杨梅烧酒，和半日的火车旅行，已经弄得我倦极了，所以很想马上去就近寻一个旅馆来睡一下。这时候正好他又睁开眼来叫我干第三杯烧酒了，我也顺便清醒了一下，睁大了双眼，和他真真地干了一杯。等这杯似甘非甘的烧酒落肚，我却也有点支持不住了，所以就教堂倌过来算账。他看见了堂倌过来，我在付账了，就同发了疯似的突然站起，一只手叉住了我那只捏着纸币的右手，一只左手尽在裤腰左近的皮袋里乱摸；等堂倌将我的纸币拿去，把找头的铜元角子拿来摆在桌上的时候，他脸上一青，红肿的眼睛一吊，顺手就把桌上的铜元抓起，锵丁丁地掷上了我的面部。"扑搭"的一响，我的右眼上面的太阳穴里就凉阴阴地起了一种刺激的感觉，接着就有点痛起来了。这时候我也被酒精激刺着发了作，呆视住他，大声地喝了一声：

"喂，你发了疯了吗，你在干什么？"

他那一张本来昇畸形的面上，弄得满面青青，涨溢着一层杀气。

"去你的，我要打倒你们这些资本家，打倒你们这些不劳而食的畜生，来，我们来比比腕力看。要你来付钱，你算在卖富吗？"

他眉毛一竖，牙齿咬得紧紧，捏起两个拳头，狠命地就扑上了我的身边。我也觉得气极了，不管三七二十一就和他扭打了起来。

白丹、丁当，扑落扑落的桌椅杯盘都倒翻在地上了，我和他两个就也滚跌到了店门的外头。两个人打到了如何的地步，我简直不晓得了，只听见四面哗哗哗哗地赶聚了许多闲人、车夫、巡警拢来。

等我睡醒了一觉，渴想着水喝，支着鳞伤遍体的身体在第二分署的木栅栏里醒转来的时候，短短的夏夜，已经是天将放亮的午夜三四点钟的时刻了。

我睁开了两眼，向四面看了一周，又向栅栏外刚走过去的一位值夜的巡警问了一个明白，才朦胧地记起了白天的情节。我又问我的那位朋友呢，巡警说，他早已酒醒，两点钟之前回到城站的学校里去了。我就求他去向巡长回禀一声，马上放我回去。他去了一刻之后，就把我的长衫草帽并钱包拿还了我。我一面把衣服穿上，出去解了一个小解，一面就请他去倒一碗水来给我止渴。等我将五元纸币私下塞在他的手里，戴上草帽，由第二分署的大门口走出来的时候,天已经完全亮了。被晓风一吹,头脑清醒了一点,我却想起了昨天午后的事情全部,同时在心坎里竟同触了电似的起了一层淡淡的忧郁的微波。

"啊啊,大约这就是人生吧!"

我一边慢慢地向前走着,一边不知不觉地从嘴里却念出了这样的一句独白来。

翡冷翠山居闲话

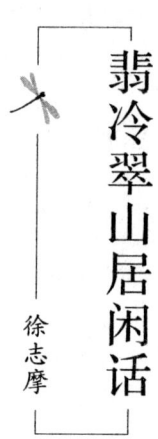

——徐志摩

在这里出门散步去,上山或是下山,在一个晴好的五月的向晚,正像是去赴一个美的宴会,比如去一果子园,那边每株树上都是满挂着诗情最秀逸的果实,假如你单是站着看还不满意时,只要你一伸手就可以采取,可以恣尝鲜味,足够你性灵的迷醉。阳光正好暖和,决不过暖;风息是温驯的,而且往往因为他是从繁花的山林里吹度过来,他带来一股幽远的澹香,连着一息滋润的水汽,摩挲着你的颜面,轻绕着你的肩腰,就这单纯的呼吸已是无穷的愉快。空气总是明净的,近谷内不生烟,远山上不起霭,那美秀风景的全部正像画片似的展露在你的眼前,供你闲暇的鉴赏。

做客山中的妙处，尤在你永不须踌躇你的服色与体态；你不妨摇曳着一头的蓬草，不妨纵容你满腮的苔藓；你爱穿什么就穿什么；扮一个牧童，扮一个渔翁，装一个农夫，装一个走江湖的桀卜闪①，装一个猎户；你再不必提心整理你的领结，你尽可以不用领结，给你的颈根与胸膛一半日的自由；你可以拿一条这边艳色的长巾包在你的头上，学一个太平军的头目，或是拜伦那埃及装的姿态；但最要紧的是穿上你最旧的旧鞋，别管他模样不佳，他们是顶可爱的好友，他们承着你的体重却不叫你记起你还有一双脚在你的底下。

这样的玩顶好是不要约伴，我竟想严格的取缔，只许你独身；因为有了伴多少总得叫你分心，尤其是年轻的女伴，那是最危险最专制不过的旅伴，你应得躲避她像你躲避青草里一条美丽的花蛇！平常我们从自己家里走到朋友的家里，或是我们执事的地方，那无非是在同一个大牢里从一间狱室移到另一间狱室去，拘束永远跟着我们，自由永远寻不到我们；但在这春夏间美秀的山中或乡间你要是有机会独身闲逛时，那才是你福星高照的时候，那才是你实际领受，亲口尝味，自由与自在的时候，那才是你肉体与灵魂行动一致的时候。朋友们，我们多长一岁年纪往往只是加重我们头上的枷，加紧我们脚胫上的链，

---

① 桀卜闪：通译为吉卜赛人。他们原住在印度北部，现遍布世界各地，尤以欧洲为上。

我们见小孩子在草里、在沙堆里、在浅水里打滚作乐，或是看见小猫追他自己的尾巴，何尝没有羡慕的时候，但我们的枷，我们的链永远是制定我们行动的上司！所以只有你单身奔赴大自然的怀抱时，像一个裸体的小孩扑入母亲的怀抱时，你才知道灵魂的愉快是怎样的，单是活着的快乐是怎样的，单就呼吸单就走道单就张眼看耸耳听的幸福是怎样的。因此你得严格的为己，极端的自私，只许你，体魄与性灵，与自然同在一个脉搏里跳动，同在一个音波里起伏，同在一个神奇的宇宙里自得。我们浑朴的天真是像含羞草似的娇柔，一经同伴的抵触，他就卷了起来，但在澄静的日光下，和风中，他的姿态是自然的，他的生活是无阻碍的。

　　你一个人漫游的时候，你就会在青草里坐地仰卧，甚至有时打滚，因为草的和暖的颜色自然的唤起你童稚的活泼；在静僻的道上你就会不自主的狂舞，看着你自己的身影幻出种种诡异的变相，因为道旁树木的阴影在他们纤徐的婆娑里暗示你舞蹈的快乐；你也会得信口的歌唱，偶尔记起断片的音调，与你自己随口的小曲，因为树林中的莺燕告诉你春光是应得赞美的；更不必说你的胸襟自然会跟着曼长的山径开拓，你的心地会看着澄蓝的天空静定，你的思想和着山壑间的水声，山罅里的泉响，有时一澄到底的清澈，有时激起成章的波动，流，流，流入凉爽的橄榄林中，流入妩媚的阿诺河去……

并且你不但不须应伴，每逢这样的游行，你也不必带书。书是理想的伴侣，但你应得带书，是在火车上，在你住处的客室里，不是在你独身漫步的时候。什么伟大的深沉的鼓舞的清明的优美的思想的根源不是可以在风籁中、云彩里、山势与地形的起伏里、花草的颜色与香息里寻得？自然是最伟大的一部书，葛德①说，在他每一页的字句里我们读得最深奥的消息。并且这书上的文字是人人懂得的；阿尔帕斯②与五老峰，雪西里③与普陀山，来因河④与扬子江，梨梦湖⑤与西子湖，建兰与琼花，杭州西溪的芦雪与威尼市夕照的红潮，百灵与夜莺，更不提一般黄的黄麦，一般紫的紫藤，一般青的青草同在大地上生长，同在和风中波动——他们应用的符号是永远一致的，他们的意义是永远明显的，只要你自己心灵上不长疮瘢，眼不盲，耳不塞，这无形迹的最高等教育便永远是你的名分，这不取费的最珍贵的补剂便永远供你的受用；只要你认识了这一部书，你在这世界上寂寞时便不寂寞，穷困时便不穷困，苦恼时有安慰，挫折时有鼓励，软弱时有督责，迷失时有南针。

---

① 葛德：歌德。
② 阿尔帕斯：阿尔卑斯。
③ 雪西里：西西里。
④ 来因河：莱茵河。
⑤ 梨梦湖：日内瓦湖。

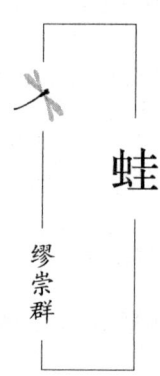

蛙

缪崇群

在模糊的麻木了的脑幕上,我已经不能记忆着蛙叫究竟在什么季候。

阁阁地,大都是傍晚;有时也在深夜。阁阁地,声在池旁水边,大约苇叶水草已经长到两三尺的时候。

阁阁地,不止地叫着,有时是清脆而单调地震动宇宙的寥寂的弦;有时呢,噪杂的一片,世界仿佛属于了他们。

在傍晚,在深夜,在池旁,在水边,听啊!阁——阁——阁阁——阁阁——阁阁阁——阁阁阁……无论他是拨着宇宙的寂寥的弦,也无论他是噪杂的一片,我在阁阁的声中沉思了。一条似断还连的锁链,顿时沉重而冰凉地箍在我的脑上了。

过去了的那些深夜傍晚，梦里的池旁水边，记得我曾同着好友们携手漫步，那时候的蛙声什么也不相似，仅只是我们足步的节奏，心灵的悠弦。

　　好友们去远了，去远了！今番的蛙声，使我牢记着是从薰风里吹来的。

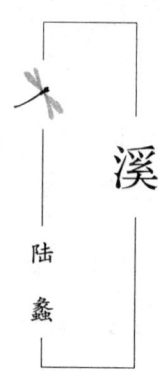

溪

陆蠡

你说你是志在于山，而我则不忘情于水。山黛虽则是那么浑厚，淳朴，笨拙，呆然若愚的有仁者之风，而水则是更温柔，更明洁，更活泼，更有韵致，更妩媚可亲，是智者所喜的。我甚至于爱沐在水底的一颗颗圆洁的卵石，在静止的潭底里的往往长着毛茸茸的绿苔，在急湍的浅滩中则被水磨蚀得仅剩一层黄褐色的皮衣，阳光透过深浅不一的水层，投射在磊磊不平的石面，反映出闪动的金黄色的光圈。一粒之石岂不能看出整座的山岳来吗？卵石与粒沙孰大？山岳与世界孰小？倘能参悟这无关闳旨的微义，将不会怪我故作惊人之语了。"给我一块石，便可以造出整个的山来"，也不过是一句老话的脱胎。

不知你有否打着赤足渡过一条汩汩小溪的经验？你的眼睛须得望着前面的一个目标，一株柳树或是一个柴堆；假使你褰着衣裳呢，则两手便失却保持平衡的功用了；脚下的卵石又坚硬，又滑，走平路时落地的总是趾和踵，足心是娇养惯的，现在接触上这滑硬的石子，不好说痛，又不好说痒，自然而然便足趾拳曲拢来，想要缩回。眼光自动地离开前面的目标，移到滔滔流逝的水面，仿佛地在脚下奔驰，感到一阵晕眩。此时你刚走过小溪的一半，水淹没了半条腿的样子，挟着速度的水流从侧面一阵推荡，便会冷不防地被冲倒。等你站直身子来，已襦裳尽湿了。

我初次爱水有甚于山的时候，是在黄梅久雨后的晴天。雨丝帘幕似的挂在我的窗前有半个多月了。"这是夏眠呢。"我想。一天早晨靠东的窗格里透进旭红的阳光，霍地跳起身来，跑到隔溪的石滩上。松林的梢际笼着未散尽的烟霭，树脂的气息混和着百草的清香，尖短的柳叶上擎着夜来的雨珠，冰凉的石子摸得出有几分潮湿。一片声音引住了我，我仰头观看。啊！沿溪的一带岩岗，拍岸的"黄梅水"涨平了。延伸到水里的石级，上上下下都是捣衣的妇女。阳光底下白的衣被和白的水融成一片。韵律的砧声在近山回响着。"咚！"一只不可见的手拨动了我的一根心弦，于是我爱上这汤汤的小溪，"洋洋乎志在流水"了。我摹绘着假如这是在月光里，水色衣色和月色织成一片，不见捣衣的动作而只有万山齐应的砧声,"长安一片月,万户捣衣声",那便未免有玉关哀怨之情,弥漫着离愁之境了。我宁愿看到晨曦里的浣妇,她们的身旁还玩着梳着总角髻的孩子,拿一根柴枝,在一片树叶上或一团乱草上使劲地捶,学着姊姊和妈妈们的动作。

我初次爱水有甚于山的时候,是在我游罢归来之后。自从泛迹彭蠡,五湖于我毫无介恋,故乡的山水乃如蛇啮于心萦回于我的记忆中了。我在别处所看到的大都是莽莽的平原,难得有一块出奇的山。湖沼是有的,那是如妇人在晓妆时被懒欠呵昙了的镜,或如净下一脸脂粉的盆中的水,暗蒙而厚腻的;河流也见得很多,每每是黄,或者发黑,边上浮着朱门里倾倒出来的鱼片、肉片、菜片,如同酒徒呕出来的唾沫。我如怀恋母亲似的惦记起故乡的山水了。我披着四月的雾,沐着五月的雨,枥着八月的风,踏着腊月的霜,急急忙忙到这溪边来。倘使我做了大官回来,则挂冠之后,辟芜芟秽,茸舍书读于山涯水涯,岂不清高之至!而我往来只是一条穷身,所以冒清早背着手来望这一片捣衣了。

人每每有溯源穷流的爱好,这探索的德性我颇重视。你问这溪流源出自什么地方,这事我恰恰知道。我在很小的时候开始用"呜呼"起头做作文的时候便知道了。那是一位花白胡须的先生告诉我的。我以后也没有去翻考县志通志,所以我知道的只限于此。我讨厌别人背诵着县志里的典故和诗词，我也不看名人壁上的题句，我不愿浪费我的强记。你该以我回答你的问题为满足了。这溪流发源于鹧鸪山，用这多啼的鸟命山，是落入宋人风格的，则此山的命名肇于宋代可知。那也该在南迁之后。则我的祖先耕牧于这山水之间，已八百年于兹了。

你看这溪流曲折，在转角的岩壁之下汇成深潭。潭中有很大的鱼，一种有着粗的鳞，红的鳍，绿的眼，金黄的腹和青黑的背，是极活泼的鱼，我们叫作"将军"，在水中是无敌的，一出水立刻便死了，这颇合于英雄的本色。这潭里的鱼虽肥且多，可是不准捞捕，岩上不是镌着"放生"的大字么？垂钓是可以的。你有"猫儿耐心乌龟性"么？当然可以披上蓑衣，戴上箬笠，斜风细雨中，把两根钓竿同时放在水里。我也钓过的。那是阴雨迷蒙的天，打在身上的雨好像雾一样，整半天也不会潮湿。这样的雾雨落水便无声了，只把水面罩上一层轻烟，而水中的人影便隐约得好像在锈上了铜绿的被时代遗弃了的古铜镜里照见的面颜。说鱼儿是因为看不清钓者的脸，才大胆地浮上水面来游戏呢。这里我不想引物理学折光的原理来证明鱼在水中所能望及水岸上的可怜的狭小的视野。不是在谈钓鱼么，我钓鱼了。我带了几把米，罐里放了几条虫。我怕虫，还是央邻哥儿替我钩上去的。放钓了，在虫上啐了一口吐沫，抛了出去，"嗡……"，在水面上撒上一把米，说"大鱼不来小鱼来啊"便耐心等着，许久，不见动静，"唑……"，复撒上一把米，等着，等着，仍是一丝不见动静，邻哥儿却捞了半尺长的金鲤鱼了。"唑……唑……"，我复撒上一把米，白的米在水中一摇一晃地沉下，我的浮标依然不见动静：我开始想这撒下白米是什么意思？这无耻的鱼！是听见"唑……唑……"，的声音便疑是坠下什么东西来了前来觅食么，还是看到这白色耀眼的米来察看究竟是什么的出于好奇之感？看看衣袋里的米撒完了，我抓了一把沙，"唑……唑……"，毫不吝惜地撒下去，过了半天，浮标动了，捞上来的是一寸长的鲫鱼。我笑了，我的半袋白米！我以后就简直灰心得懒得垂钓了。

你不看这溪岸么？山岗自远处迤逦而来，到这溪边成了断壁。壁下被流水冲空了的岩麓像是巨龙的口，像是饮水的巨龙。那向左蜿蜒起伏的便是龙尾。对，此地便名叫龙头。这头上有一块草木不生的岩皮。告诉你一个故事罢，这故事不载于府志，不载于县志，不载于"笔记"，不载于"志异"，而我恰恰知道。原来这片岩岗是活龙头。从前一位堪舆先生说这龙头是大吉祥之地，当时有人不信，他便说："你去站在龙尾，我站在龙头大喝一声，龙尾便该拨动起来。"他们这样做了。堪舆先生站在龙头大喝一声，龙尾动了。于是站在龙尾的便派了一个孩子传语道，"龙尾动了"，而这孩子口齿不清传错了话，说："龙不动了。"堪舆先生大怒，遂喝道："畜生，该剥皮哪！"于是龙头上便成了一个疮疤，一年四季不生青草。

然而，当你的目光移上这溪边东西两端的两棵大树，让我把所知的再告诉你罢。

既然是龙头，则龙头岂可无角。是哟！这溪东西两尽头的两株数人合抱的大樟树，岂不是嵯峨的两只龙角。因为是龙的角，所以十数年前樟脑腾贵的时候幸未被商人采伐，制成樟脑运销到金元之邦。东端的树下我是熟识的。秋时鸦雀吞食樟子，果皮消化了，撒下一颗颗坚硬的乌黑的种子，亮晶晶地看来一点也不肮脏，我们是整衣袋装着，当作弹子用竹弓打着玩的。樟树朝南向溪的方向，挖了一个窟窿，这是无知的妇女所做的伤残。她们求樟神的保佑，要给她们中了花会——这是妇女们中间流行着的一种赌博——竟不惜向大树跪拜，磕头许愿说着了之后拿三牲福礼请它。结果是没有中。愤怨使她们迁怒于树身，便在树根近傍凿了一个窟洞，据说凿时还有血浆流出来哩。这树底下是我们爱玩的地方，这树荫覆着我的童年，愿它永远葱茏郁茂罢。至于西边长着另一株树的地方是一个幽僻的所在。那儿一带都是无主的荒坟。说时常有男女到那里去幽会，那想怕不是真的。直到现在我还不曾细细去踏一遍。我仅遥望着树下双双的池塘，被蓼莪和菖蒲湮塞。夏初布谷从乱草中吐出啼声来。

让我们的幻想不要窜进那阴暗的坟窝，让我们记忆的眼睛落在昼夜不息地渲潺着的小溪的岸上。浣衣妇——携着衣篮归去了，把白的衣被无秩序地铺晒在岩上、石上、草上，令远处望来的人会疑是偃卧着的群羊，恍如闹市初散，溪边留下一片寂寞。屋背的炊烟从黑烟变成白烟了，那是早饭要熟的时节。我颇不想离开这可爱的小溪。想到会有一天仍将随着溪水东流而下，复回复到莽莽的平原去看看被懒欠呵昌了的妇人的妆镜和洗下油脂腻粉的脸水似的湖沼或到带着酒气和血腥的黄浊的河流边去过活时，不胜悲哀。

不易安眠

王统照

冷雨连宵,你大约"不易安眠"?有时有几声巨响由空际传来,你,开窗四望,一片暗冥,凄冷的雨丝织成密网,网住了这黑夜的"囚城"。楼台、树木、车辆,你都看不分明,只是若干点想冲破昏雾的灯光,若远,若近;在飘动,在炫耀,在孤寂中做光明的散布!

春去了,就是苦涩的莺声也不到这"囚城"中叫唤,况是料峭风雨的中夜。

杜鹃的哀啼,夜莺的幽唱,这些鸟音虽会颤动过多少诗人、旅客、易感伤的青年、情思婉转的女孩子的心,使他们神迷,泪落,心情嵌在缠绵的幻影,时间付与冥想的哀,乐,甚则比以灵魂,听似仙乐。……但现在呢?即有他们的娇歌,哀唱,再不会引你遐想，惹你惆怅！……现实的重负，一支针一滴血地压上苦难者的肩头，火灼，水湮，每个人都分尝到。纵然，音乐般的；或高一步说是精神上的麻醉，可以销魂，可以忘我，可以排遣世虑，可以沉入玄想，但，这至少须有一份略从容的时间，略悠闲的情趣，略轻微的忧郁，方能对他们的娇歌、哀唱发生飘飘然的情感。

现实呢？便是好做奇想，好动怅惘的古诗人，生活在"囚城"里，你准一千个不相信，什么杜鹃、夜莺，会触动他古怪的灵感，写得出一首像样的诗来。

凡是一个逃不出现实的苦难者，他情愿在暗夜披衣独起；他的心在热血交流中跃动；他的泪灼烫地堕入肚肠；他的想象是：草莽中，平原中，森林中，河岸港湾上的鲜血；是自由的洪流泛滥过激怒的田野；是暴风疾雨挟着战神的飞羽传遍各地。

原来，这样丑恶纷乱的城市再无须会娇歌会哀唱的小鸟做闲情的啭弄，何况是已变成一座"囚城"；一个存储记忆的"狭的笼"！

春去了，正接着与炎威相争的夏日。谁还在梦幻间眷恋着杜鹃、夜莺的娇啭、哀啼？有巨响急传，有骤雨惊飘，有到处散射的光明点。

你听，你看，你往远处往深处坚实地想：……你摸索着拿得住永向着青空向着光辉伸展的枝叶！

这昏暗的夜有破晓的时候？……"不易安眠"，你是否堕入自己的梦魇？

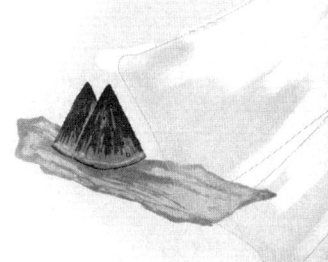

小满
XIAO MAN
二十四节气

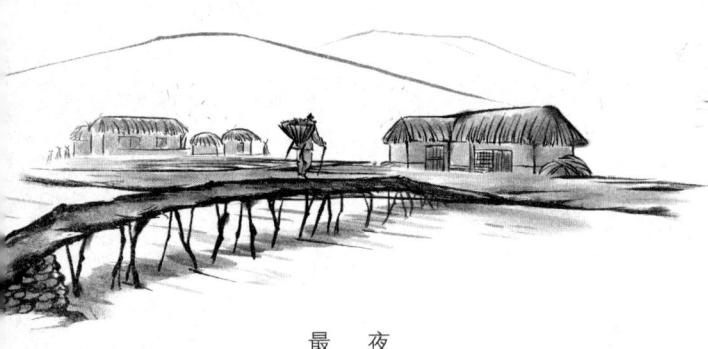

夜莺啼绿柳,皓月醒长空。
最爱垄头麦,迎风笑落红。

书房的窗子
杨振声

说也可怜,八年抗战归来,卧房都租不到一间,何言书房?既无书房,又何从说到书房的窗子!

唉!先生,你别见笑,叫花子连做梦都在想吃肉,正为没得,才想得厉害,我不但想到书房,连书房里每一角落,我都布置好。今天又想到了我那书房的窗子。

但窗子的功用,虽到处一样,而窗子的方向,却有各人的嗜好不同。陆放翁的"一窗晴日写黄庭",大概指的是南窗,我不反对南窗的光明与健康,特别在北方的冬天,南窗放进满屋的晴日,你随便拿一本书坐在窗下取暖,书页上的诗句全浸润在金色的光浪中,你书桌旁若有一盆腊梅那就更好——以前在北平只值几毛钱一盆，高三四尺者亦不过一两元，腊梅比红梅色雅而秀清，价钱并不比红梅贵多少。那么就算有一盆腊梅罢。腊梅在阳光的照耀中荡漾着芬芳，把几枝疏脱的影子漫画在新洒扫的蓝砖地上，如漆墨画。天知道，那是一种清居的享受。

东窗在初红里迎着朝曦，你起来开了格扇，放进一屋的清新。朝气洗涤了昨宵一梦的荒唐，使人精神清振，与宇宙万物一体更新。假使你窗外有一株古梅或是海棠，你可以看"朝日红妆"；有海，你可以看"海日生残夜"；一无所有，看朝霞的艳红，再不然，看想象中的邺宫，"晓日靓装千骑女，白樱桃下紫纶巾"。

"挂起西窗浪接天"，这样的西窗，不独坡翁喜欢，我们谁都喜欢。然而西窗的风趣，正不止此。压山的红日徘徊于西窗之际，照出书房里一种透明的宁静。苍蝇的搓脚，微尘的轻游，都带些倦意了。人在一日的劳动后，带着微疲放下工作，舒适的坐下来吃一杯热茶，开窗西望，太阳已隐到山后了。田间小径上疏落的走着荷锄归来的农夫，隐约听到母牛哞哞的在唤着小犊同归。山色此时已由微红而深紫，而黝蓝。苍然暮色也渐渐笼上山脚的树林。西天上独有一缕镶着黄边的白云冉冉而行。

然而我独喜欢北窗。那就全是光的问题了。

说到光，我有一致偏向，就是不喜欢强烈的光而喜欢清淡的光，不喜欢敞开的光而喜欢隐约的光，不喜欢直接的光而喜欢反射的光，就拿日光来说罢，我不爱中午的骄阳，而爱"晨光之熹微"与夫落日的古红。纵使光度一样，也觉得一片平原的光海，总不及阴水曲间光线的隐翳，或枝叶扶疏的树荫下光波的流动，至于返光更比直光来得委婉。"残夜水明楼"是那般的清虚可爱；而"明清照积雪"使你感到满目清辉。

不错，特别是雪的返光。在太阳下是那样霸道，而在月光下却又这般温柔。其实，雪光在阴阴天宇下，也蛮有风趣。特别是新雪的早晨，你一醒来全不知道昨宵降了一夜的雪，只看从窗纸透进满室的虚白，便与平时不同，那白中透出银色的清辉，温润而匀净，使屋子里平添一番恬静的滋味。披衣起床且不看雪，先掏开那尚未睡醒的炉子，那屋里顿然煦暖。然后再从容揭开窗帘一看，满目皓洁，庭前的枝枝都压垂到地角上了，望望天，还是阴阴的，那就准知道这一天你的屋子会比平常更幽静。

至于拿月光与日光比，我当然更喜欢月光。在月光下，人是那般隐藏，天宇是那般素净。现实的世界退缩了，想象的世界放大了。我们想象的放大，不也就是我们人格的放大？放大到感染一切时，整个的世界也因而富有情思了。"疏影横斜水清浅，暗香浮动月黄昏"比之"晴雪梅花"更为空灵，更为生动，"无情有恨何人见，月亮风清欲坠时"比之"枝头春意"更富深情与幽思；而"宿妆残粉未明天，总立昭阳花树边"也比"水晶帘下看梳头"更动人怜惜之情。

这里不只是光度的问题，而是光度影响了态度。强烈的光使我们把一切看得清楚，却不必使我们想得明透，使我们有行动的愉悦，却不必使我们有沉思的因缘；使我像春草一般的向外发展，却不能使我像夜合一般的向内收敛。强光太使我们与外物接近了，留不得一分想象的距离。而一切文艺的创造，绝不是一些外界事物的堆拢，而是事物经过个性的熔冶，范铸出来的作物。强烈的光与一切强有力的东西一样，它压迫我们的个性。

以此，我便爱上了北窗。南窗的光强，固不必说；就是东窗和西窗也不如北窗。北窗放进的光是那般清淡而隐约，反射而不直接，说到返光，当然便到了"窗子以外"了，我不敢想象窗外有什么明湖或青山的返光，那太奢望了。我只希望北窗外有一带古老的粉墙。你说古老的粉墙？一点不错。最低限度的要老到透出点微黄的颜色；假如可能，古墙上生几片青翠的石斑。这墙不要去窗太近，太近则逼窄，使人心狭；也不要太远，太远便不成为窗子屏风；去窗一丈五尺左右便好。如此古墙上的光辉反射在窗下的书桌上，润泽而淡白，不带一分逼人的霸气。这种清光绝不会侵凌你的幽静，也不会扰乱你的运思。它与清晨太阳未出以前的天光，及太阳初下，夕露未滋，湖面上的水光同是一样的清幽。

假如，你嫌这样的光太朴素了些，那你就在墙边种上一行疏竹。有风，你可以欣赏它婆娑的舞容；有月，你可以欣赏窗上迷离的竹影；有雨，它给你平添一番清凄；有雪，那素洁，那清劲，确是你清寂中的佳友。即使无月无风，无雨无雪，红日半墙，竹荫微动，掩映于你书桌上的清辉，泛出一片青翠，几纹波痕，那般的生动而空灵，你书桌上满写着清新的诗句，你坐在那儿，纵使不读书也"要得"。

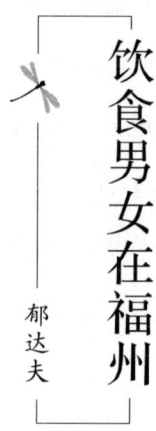

饮食男女在福州

郁达夫

福州的食品,向来就很为外省人所赏识;前十余年在北平,说起私家的厨子,我们总同声一致的赞成刘崧生先生和林宗孟先生家里的蔬菜的可口。当时宣武门外的忠信堂正在流行,而这忠信堂的主人,就系旧日刘家的厨子,曾经做过清室的御厨房的。上海的小有天以及现在早已歇业了的消闲别墅,在粤菜还没有征服上海之先,也曾盛行过一时。面食里的伊府面,听说还是汀州伊墨卿太守的创作;太守住扬州日久,与袁子才也时相往来,可惜他没有像随园老人那么的好事,留下一本食谱来,教给我们以烹调之法;否则,这一个福建萨伐郎(Savarin)的荣誉,也早就可以驰名海外了。

福建菜之所以会这样著名，而实际上却也实在是丰盛不过的原因，第一，当然是由于天然物产的富足。福建全省，东南并海，西北多山，所以山珍海味，一例的都贱如泥沙。听说沿海的居民，不必忧虑饥饿，大海潮回，只消上海滨去走走，就可以拾一篮海货来充作食品。又加以地气温暖，土质腴厚，森林蔬菜，随处都可以培植，随时都可以采撷。一年四季，笋类菜类，常是不断；野菜的味道，吃起来又比别处的来得鲜甜。福建既有了这样丰富的天产，再加上以在外省各地游宦营商者的数目的众多，作料采从本地，烹制学自外方，五味调和，百珍并列，于是乎闽菜之名，就喧传在饕餮家的口上了。清初周亮工著的《闽小纪》两卷，记述食品处独多，按理原也是应该的。

福州海味，在春三二月间，最流行而最肥美的，要算来自长乐的蚌肉，与海滨一带多有的蛎房。《闽小纪》里所说的西施舌，不知是否指蚌肉而言；色白而腴，味脆且鲜，以鸡汤煮得适宜，长圆的蚌肉，实在是色香味俱佳的神品。听说从前有一位海军当局者，老母病剧，颇思乡味；远在千里外，欲得一蚌肉，以解死前一刻的渴慕，部长纯孝，就以飞机运蚌肉至都。从这一件轶事看来，也可想见这蚌肉的风味了。我这一回赶上福州，正及蚌肉上市的时候，所以红烧白煮，吃尽了几百个蚌，总算也是此生的豪举，特笔记此，聊志口福。

蛎房并不是福州独有的特产，但福建的蛎房，却比江浙沿海一带所产的，特别的肥嫩清洁。正、二、三月间，沿路的摊头店里，到处都堆满着这淡蓝色的水包肉；价钱的廉，味道的鲜，比到东坡在岭南所贪食的蚝，当然只会得超过。可惜苏公不曾到闽海去谪居，否则，阳羡之田，可以不买，苏氏子孙，或将永寓在三山二塔之下，也说不定。福州人叫蛎房作"地衣"，略带"挨"字的尾声，写起字来，我想只有"蚔"字，可以当得。

在清初的时候，江瑶柱似乎还没有现在那么的通行，所以周亮工再三的称道，誉为逸品。在目下的福州，江瑶柱却并没有人提起了，鱼翅席上，缺少不得的，倒是一种类似宁波横脚蟹的蟳蟹，福州人叫作"新恩"，《闽小纪》里所说的虎蟳，大约就是此物。据福州人说，蟳肉最滋补，也最容易消化，所以产妇病人以及体弱的人，往往爱吃。但由对蟹类素无好感的我看来，却仍赞成周亮工之言，终觉得质粗味劣，远不及蚌与蛎房或香螺的来得干脆。

福州海味的种类，除上述的三种以外，原也很多很多；但是别地方也有，我们平常在上海也常常吃得到的东西，记下来也没有什么价值，所以不说。至于与海错相对的山珍哩，却更是可以干制，可以输出的东西，益发的没有记述的必要了，所以在这里只想说一说叫作肉燕的那一种奇异的包皮。

初到福州，打从大街小巷里走过，看见好些店家，都有一个大砧头摆在店中；一两位壮强的男子，拿了木锥，只在对着砧上的一大块猪肉，一下一下的死劲地敲。把猪肉这样的乱敲乱打，究竟算什么回事？我每次看见，总觉得奇怪；后来向福州的朋友一打听，才知道这就是制肉燕的原料了。所谓肉燕者，就是将猪肉打得粉烂，和入面粉，然后再制成皮子，如包馄饨的外皮一样，用以来包制菜蔬的东西。听说这物事在福建，也只是福州独有的特产。

福州食品的味道，大抵重糖；有几家真正福州馆子里烧出来的鸡鸭四件，简直是同蜜饯的罐头一样，不杂入一粒盐花。因此福州人的牙齿，十人九坏。有一次去看三赛乐的闽剧，看见台上演戏的人，个个都是满口金黄；回头更向左右的观众一看，妇女子的嘴里也大半镶着全副的金色牙齿。于是天黄黄，地黄黄，弄得我这一向就痛恨金牙齿的偏执狂者，几乎想放声大哭，以为福州人故意在和我捣乱。

将这些脱嫌糖重的食味除起，若论到酒，则福州的那一种土黄酒，也还勉强可以喝得。周亮工所记的玉带春、梨花白、蓝家酒、碧霞酒、莲须白、河清、双夹、西施红、状元红等，我都不曾喝过，所以不敢品评。只有会城各处在卖的鸡老（酪）酒，颜色却和绍酒一样的红似琥珀，味道略苦，喝多了觉得头痛。听说这是以一生鸡，悬之酒中，等鸡肉鸡骨都化了后，然后开坛饮用的酒，自然也是越陈越好。福州酒店外面，都写酒库两字，发卖叫发扛，也是新奇得很的名称。以红糟酿的甜酒，味道有点像上海的甜白酒，不过颜色桃红，当是西施红等名目出处的由来。莆田的荔枝酒，颜色深红带黑，味甘甜如西班牙的宝德红葡萄，虽则名贵，但我却终不喜欢。福州一般宴客，喝的总还是绍兴花雕，价钱极贵，斤量又不足，而酒味也淡似沪杭各地，我觉得建庄终究不及京庄。

福州的水果花木，终年不断；橙柑、福橘、佛手、荔枝、龙眼、甘蔗、香蕉，以及茉莉、兰花、橄榄等等，都是全国闻名的品物；好事者且各有谱牒之著，我在这里，自然可以不说。

闽茶半出武夷，就是不是武夷之产，也往往借这名山为号召。铁罗汉、铁观音的两种，为茶中柳下惠，非红非绿，略带赭色；酒醉之后，喝它三杯两盏，头脑倒真能清醒一下。其他若龙团玉乳，大约名目总也不少，我不恋茶娇，终是俗客，深恐品评失当，贻笑大方，在这里只好轻轻放过。

从《闽小纪》中的记载看来，番薯似乎还是福建人开始从南洋运来的代食品；其后因种植的便利，食味的甘美，就流传到内地去了。这植物传播到中国来的时代，只在三百年前，是明末清初的时候，因亮工所记如此，不晓得究竟是否确实。不过福建的米麦，向来就说不足，现在也须仰给于外省或台湾，但田稻倒又可以一年两植。而福州正式的酒席，大抵总不吃饭散场，因为菜太丰盛了，吃到后来，总已个个饱满，用不着再以饭颗来充腹之故。

饮食外的有名处所，城内为树春园、南轩、河上酒家、可然亭等。味和小吃，亦佳且廉；仓前的鸭面，南门兜的素菜与牛肉馆，鼓楼西的水饺子铺，都是各有长处的小吃处；久吃了自然不对，偶尔去一试，倒也别有风味。城外在南台的西菜馆，有嘉宾、西宴台、法大、西来，以及前临闽江，内设戏台的广聚楼等。洪山桥畔的义心楼，以吃形同比目鱼的贴沙鱼著名；仓前山的快乐林，以吃小盘西洋菜见称，这些当然又是菜馆中的别调。至如我所寄寓的青年会食堂，地方清洁宽广，中西菜也可以吃吃，只是不同耶稣的飨宴十二门徒一样，不许顾客醉饮葡萄酒浆，所以正式请客，大感不便。

此外则福建特有的温泉浴场，如汤门外的百合、福龙泉，飞机场的乐天泉等，也备有饮馔供客；浴客往往在这些浴场里可以鬼混一天，不必出外去买酒买食，却也便利。从前听说更可以在个人池内男女同浴，则饮食男女，就不必分求，一举竟可以两得了。

要说福州的女子，先得说一说福建的人种。大约福建土著的最初老百姓，为南洋近边的海岛人种，所以面貌习俗，与日本的九州一带，有点相像。其后汉族南下，与这些土人杂婚，就成了无诸种族，系在春秋战国，吴越争霸之后。到得唐朝，大兵入境；相传当时曾杀尽了福建的男子，只留下女人，以配光身的兵士；故而直至现在，福州人还呼丈夫为"唐晡人"，晡者系日暮袭来的意思，同时女人的"诸娘仔"之名，也出来了。还有现在东门外、北门外的许多工女农妇，头上仍戴着三把银刀似的簪为发饰，俗称它们作三把刀，据说犹是当时的遗制。因为她们的父亲、丈夫、儿子，都被外来的征服者杀了；她们誓死不肯从敌，故而时时带着三把刀在身边，预备复仇。只今台湾的福建籍妓女，听说也是一样；亡国到了现在，也已经有好多年了，而她们却仍不肯与日本的嫖客同宿。若有人破此旧习，而与日本嫖客同宿一宵者，同人中就视作禽兽，耻不与伍，这又是多么悲壮的一幕惨剧！谁说犹唱后庭花处，商女都不知家国的兴亡哩！试看汉奸到处卖国，而妓女乃不肯辱身，其间相去，又岂止泾渭的不同？这一种古代的人种，与唐人杂婚之后，一部分不完全唐化，仍保留着他们固有的生活习惯、宗教仪式的，就是现在仍旧退居在北门外万山深处的畲民。此外的一族，以水上为家，明清以后，一向被视为贱民，不时受汉人的蹂躏的，相传其祖先系蒙古人。自元亡后，遂贬为疍户，俗呼科蹄。科蹄实为曲蹄之别音，因他们常常曲膝盘坐在船舱之内，两脚弯曲，故有此称。串通倭寇，骚扰沿海一带的居民，古时在泉州叫作泉郎的，就是这一种人种的旁支。

因为福州人种的血统，有这种种的沿革，所以福建人的面貌，和一般中原的汉族，有点两样。大致广颡深眼，鼻子与颧骨高突，两颊深陷成窝，下颌部也稍稍尖凸向前。这一种面相，生在男人的身上，倒也并不觉得特别；但一生在女人的身上，高突部为嫩白的皮肉所调和，看起来却个个都是线条刻划分明，像是希腊古代的雕塑人形了。福州女子的另一特点，是在她们的皮色的细白。生长在深闺中的宦家小姐，不见天日，白腻原也应该；最奇怪的，却是那些住在城外的工农佣妇，也一例地有着那种嫩白微红，像刚施过脂粉似的皮肤。大约日夕灌溉的温泉浴是一种关系，吃的闽江江水，总也是一种关系。

我们从前没有居住过福建，心目中总只以为福建人种，是一种蛮族。后来到了那里，和他们的文化一接触，才晓得他们虽则开化得较迟，但进步得却很快；又因为东南是海港的关系，中西文化的交流，也比中原僻地为频繁，所以闽南的有些都市，简直繁华摩登得可以同上海来争甲乙。及至观察稍深，一移目到了福州的女性，更觉得她们的美的水准，比苏杭的女子要高好几倍；而装饰的入时，身体的康健，比到苏州的小型女子，又得高强数倍都不止。

"天生丽质难自弃"，表露欲，装饰欲，原是女性的特嗜；而福州女子所有的这一种显示本能，似乎比什么地方的人还要强一点。因而天晴气爽，或岁时伏腊，有迎神赛会的关头，南大街、仓前山一带，完全是美妇人披露的画廊。眼睛个个是灵敏深黑的，鼻梁个个是细长高突的，皮肤个个是柔嫩雪白的；此外还要加上以最摩登的衣饰，与来自巴黎纽约的化妆品的香雾与红霞，你说这幅福州晴天午后的全景，美丽不美丽？迷人不迷人？

亦唯因此之故，所以也影响到了社会，影响到了风俗。国民经济破产，是全国到处都一样的事实；而这些妇女子们，又大半是不生产的中流以下的阶级。衣食不足，礼义廉耻之凋伤，原是自然的结果，故而在福州住不上几月，就时时有暗娼流行的风说，传到耳边上来。都市集中人口以后，这实在也是一种不可避免而急待解决的社会大问题。

说及了娼妓，自然不得不说一说福州的官娼。从前邵武诗人张亨甫，曾著过一部《南浦秋波录》，是专记南台一带的烟花韵事的；现在世业凋零，景气全落，这些乐户人家，完全没有旧日的豪奢影子了。福州最上流的官娼，叫作白面处，是同上海的长三一样的款式。听几位久住福州的朋友说，白面处近来门可罗雀，早已掉在没落的深渊里了。其次还勉强在维持市面的，是以卖嘴不卖身为标榜的清唱堂，无论何人，只须化三元法币，就能进去听三出戏。就是这一时号称极盛的清唱堂，现在也一家一家的废了业，只剩了田墩的三五家人家。自此以下，则完全是惨无人道的下等娼妓，与野鸡款式的无名密贩了，数目之多，求售之切，到了骇人听闻的地步。至于城内的暗娼、包月妇、零售处之类，只听见公安维持者等谈起过几次，报纸上见到过许多回，内容虽则无从调查，但演绎起来，旁证以社会的萧条，产业的不振，国步的艰难，与夫人口的过剩，总也不难举一反三，晓得她们的大概。

总之，福州的饮食男女，虽比别处稍觉得奢侈，而福州的社会状态，比别处也并不见得十分的堕落。说到两性的纵弛，人欲的横流，则与风土气候有关，次热带的境内，自然要比温带寒带为剧烈。而食品的丰富，女子一般姣美与健康，却是我们不曾到过福建的人所意想不到的发现。

夜的奇迹

庐隐

宇宙僵卧在夜的暗影之下,我悄悄的逃到这黑黑的林丛——群星无言,孤月沉默,只有山隙中的流泉潺潺溅溅的悲鸣,仿佛孤独的夜莺在哀泣。

山巅古寺危立在白云间,刺心的钟磬,断续的穿过寒林,我如受弹伤的猛虎,奋力的跃起,由山麓窜到山巅。我追寻完整的生命,我追寻自由的灵魂,但是夜的暗影,如厚幔般围裹住,一切都显示着不可挽救的悲哀。吁!我何爱惜这被苦难剥蚀将尽的尸骸?我发狂似的奔回林丛,脱去身上血迹斑斑的征衣,我向群星忏悔,我向悲涛哭诉!

这时流云停止了前进,群星忘记了闪烁,山泉也住了呜咽,一切一切都沉入死寂！

我绕过丛林，不期来到碧海之滨。呵！神秘的宇宙，在这里我发现了夜的奇迹。

黑黑的夜幔轻轻的拉开，群星吐着清幽的亮光，孤月也踯躅于云间，白色的海浪吻着翡翠的岛屿，五彩缤纷的花丛中隐约见美丽的仙女在歌舞，她们显示着生命的活跃与神妙！

我惊奇，我迷惘，夜的暗影下，何来如此的奇迹！

我怔立海滨，注视那岛屿上的美景，忽然从海里涌起一股凶浪，将岛屿全个淹没，一切一切又都沉入在死寂！

我依然回到黝黑的林丛——群星无言，孤月沉默，只有山隙中的流泉潺潺溅溅的悲鸣，仿佛孤独的夜莺在哀泣。

吁！宇宙布满了罗网，任我百般扎挣，努力的追寻，而完整的生命只如昙花一现，最后依然消逝于恶浪，埋葬于尘海之心。自由的灵魂，永远是夜的奇迹！——在色相的人间，只有污秽与残酷。吁！我何爱惜这被苦难剥蚀将尽的尸骸——总有一天，我将焚毁于我自己忧怒的灵焰，抛这不值一钱的脓血之躯，因此而释放我可怜的灵魂！

这时我将摘下北斗，抛向阴霾满布的尘海。

我将永远歌颂这夜的奇迹！

父亲的玳瑁

鲁彦

　　在墙脚跟刷然溜过的那黑猫的影,又触动了我对于父亲的玳瑁的怀念。

　　净洁的白毛的中间,夹杂些淡黄的云霞似的柔毛,恰如透明的妇人的玳瑁首饰的那种猫儿,是被称为"玳瑁猫"的。我们家里的猫儿正是那一类,父亲就给了它"玳瑁"这个名字。

　　在近来的这一匹玳瑁之前,我们还曾有过另外的一匹。它有着同样的颜色,得到了同样的名字,同是从我姊姊家里带来,一样地为我们所爱。但那是我不幸的妹妹的玳瑁,它曾经和她盘桓了十二年的岁月。而现在的这一匹,是属于父亲的。

　　它什么时候来到我们家里,我不很清楚,据说大约已有三年光景了。父亲给我的信，从来不曾提过它。在他的理智中，仿佛以为玳瑁毕竟是一匹小小的兽，比不上任何的家事，足以通知我似的。

但当我去年回到家里的时候，我看到了父亲和玳瑁的感情了。

每当厨房的碗筷一搬动，父亲在后房餐桌边坐下的时候，玳瑁便在门外"咪咪"地叫了起来。这叫声是只有两三声，从不多叫的。它仿佛在问父亲，可不可以进来似的。

于是父亲就说了，完全像对什么人说话一样："玳瑁，这里来！"

我初到的几天，家里突然增多了四个人，在玳瑁似乎感觉到热闹与生疏的恐惧，常不肯即刻进来。

"来吧，玳瑁！"父亲望着门外，不见它进来，又说了。但是玳瑁只回答了两声"咪咪"，仍在门外徘徊着。"小孩一样，看见生疏的人，就怕进来了。"父亲笑着对我们说。

但是过了一会，玳瑁在大家的不注意中，已经跃上了父亲的膝上。

"哪，在这里了。"父亲说。

我们弯过头去看，它伏在父亲的膝上，睁着略带惧怯的眼望着我们，仿佛预备逃遁似的。

父亲立刻理会它的感觉，用手抚摩着它的颈背，说："困吧，玳瑁。"一面他又转过来对我们说："不要多看它，它像姑娘一样的呢。"

我们吃着饭，玳瑁从不跳到桌上来，只是静静地伏在父亲的膝上。有时鱼腥的气息引诱了它，它便偶尔伸出半个头来望了一望，又立刻缩了回去。它的脚不肯触着桌。这是它的规矩，父亲告诉我们说，向来是这样的。

父亲吃完饭，站起来的时候，玳瑁便先走出门外去。它知道父亲要到厨房里去给它预备饭了。那是真的。父亲从来不曾忘记过，他自己一吃完饭，便去添饭给玳瑁的。玳瑁的饭每次都有鱼或鱼汤拌着。父亲自己这几年来对于鱼的滋味据说有点厌，但即使自己不吃，他总是每次上街去，给玳瑁带了一些鱼来，而且给它储存着的。

白天，玳瑁常在储藏东西的楼上，不常到楼下的房子里来。但每当父亲有什么事情将要出去的时候，玳瑁像是在楼上看着的样子，便溜到父亲的身边，绕着父亲的脚转了几下，一直跟父亲到门边。父亲回来的时候，它又像是在什么地方远远望着，静静地倾听着的样子，待父亲一跨进门限，它又在父亲的脚边了。它并不时时刻刻跟着父亲，但父亲的一举一动，父亲的进出，它似乎时刻在那里留心着。

晚上，玳瑁睡在父亲的脚后的被上，陪伴着父亲。

我们回家后，父亲换了一个寝室。他现在睡到弄堂门外一间从来没有人去的房子里了。

玳瑁有两夜没有找到父亲，只在原地方走着，叫着。它第一夜跳到父亲的床上，发现睡着的是我们，便立刻跳了出去。

正是很冷的天气。父亲记念着玳瑁夜里受冷，说它恐怕不会想到他会搬到那样冷落的地方去的。而且晚上弄堂门又关得很早。

但是第三天的夜里，父亲一觉醒来，玳瑁已在床上睡着了，静静的，"咕咕"念着猫经。

半个月后，玳瑁对我也渐渐熟了。它不复躲避我。当它在父亲身边的时候，我伸出手去，轻轻抚摩着它的颈背，它伏着不动。然而它从不自己走近我。我叫它，它仍不来。就是母亲，她是永久和父亲在一起的，它也不肯走近她。父亲呢，只要叫一声"玳瑁"，甚至咳嗽一声，它便不晓得从什么地方溜出来了，而且绕着父亲的脚。

有两次玳瑁到邻居去游走，忘记了吃饭。我们大家叫着"玳瑁玳瑁"，东西寻找着，不见它回来。父亲却猜到它哪里去了。他拿着玳瑁的饭碗走出门外，用筷子敲着，只喊了两声"玳瑁"，玳瑁便从很远的邻屋上走来了。

"你的声音像格外不同似的，"母亲对父亲说，"只消叫两声，又不大，它便老远的听见了。"

"是哪，它只听我管的哩。"

对于寂寞地度着残年的老人，玳瑁所给与的是儿子和孙子的安慰,我觉得。

六月四日的早晨,我带着战栗的心重到家里,父亲只躺在床上远远地望了我一下,便疲倦地合上了眼皮。我悲苦地牵着他的手在我的面上抚摩。他的手已经有点生硬,不复像往日柔和地抚摩玳瑁的颈背那么自然。据说在头一天的下午,玳瑁曾经跳上他的身边,悲鸣着,父亲还很自然地抚摩着它亲密地叫着"玳瑁"。而我呢,已经迟了。

从这一天起,玳瑁便不再走进父亲的以及和父亲相连的我们的房子。我们有好几天没有看见玳瑁的影子。我代替了父亲的工作,给玳瑁在厨房里备好鱼拌的饭,敲着碗,叫着"玳瑁"。玳瑁没有回答,也不出来。母亲说,这几天家里人多,闹得很,它该是躲在楼上怕出来的。于是我把饭碗一直送到楼上。然而玳瑁仍没有影子。过了一天,碗里的饭照样地摆在楼上,只饭粒干瘪了一些。

玳瑁正怀着孕,需要好的滋养。一想到这,大家更其焦虑了。

第五天早晨,母亲才发现给玳瑁在厨房预备着的另一只饭碗里的饭略略少了一些。大约它在没有人的夜里走进了厨房。它应该是非常饥饿了。然而仍像吃不下的样子。

一星期后,家里的戚友渐渐少了。玳瑁仍不大肯露面。无论谁叫它,都不答应,偶然在楼梯上溜过的后影,显得憔悴而且瘦削,连那怀着孕的肚子也好像小了一些似的。

一天一天家里愈加冷静了。满屋里主宰着静默的悲哀。一到晚上，人还没有睡，老鼠便吱吱叫着活动起来，甚至我们房间的楼上也在叫着跑着。玳瑁是最会捕鼠的。当去年我们回家的时候，即使它跟着父亲睡在远一点的地方，我们的房间里从没有听见过老鼠的声音，但现在玳瑁就睡在隔壁的楼上，也不过问了。我们毫不埋怨它。我们知道它所以这样的原因。

可怜的玳瑁。它不能再听到那熟识的亲密的声音，不能再得到那慈爱的抚摩，它是在怎样地悲伤呵！

三星期后，我们全家要离开故乡。大家预先就在商量，怎样把玳瑁带出来。但是离开预定的日子前一星期，玳瑁生了小孩了。我们看见它的肚子松瘪着。

怎样可以把它带出来呢？

然而为了玳瑁，我们还是不能不带它出来。我们家里的门将要全锁上。邻居们不会像我们似的爱它，而且大家全吃着素菜，不会舍得买鱼饲它。单看玳瑁的脾气，连对于母亲也是冷淡淡的，决不会喜欢别的邻居。

我们还是决定带它一道来上海。

它生了几个小孩，什么样子，放在哪里，我们虽然极想知道，却不敢去惊动玳瑁。我们预定在饲玳瑁的时候，先捉到它，然后再寻觅它的小孩。因为这几天来，玳瑁在吃饭的时候，已经不大避人，捉到它应该是容易的。

但是两天后，我们十几岁的外甥遏抑不住他的热情了。不知怎样，玳瑁的孩子们所在的地方先被他很容易地发现了。它们原来就在楼梯门口，一只半掩着的糠箱里。玳瑁和它的小孩们就住在这里，是谁也想不到的。外甥很喜欢，叫大家去看。玳瑁已经溜得远远的在惧怯地望着。

我们想，既然玳瑁已经知道我们发觉了它的小孩的住所，不如便先把它的小孩看守起来，因为这样，也可以引诱玳瑁的来到，否则它会把小孩衔到更没有人晓得的地方去的。

于是我们便做了一个更安适的窠，给它的小孩们，携进了以前父亲的寝室，而且就在父亲的床边。

那里是四个小孩，白的，黑的，黄的，玳瑁的，都还没有睁开眼睛。贴着压着，钻做一团，肥圆的。捉到它们的时候，偶然发出微弱的老鼠似的吱吱的鸣声。

"生了几只呀？"母亲问着。

"四只。"

"嗨，四只！怪不得！扛了你父亲的棺材，不要再扛我的呢！"母亲叹息着，不快活地说。

大家听着这话，愣住了。

"把它们丢出去！"外甥叫着说，但他同时却又喜悦地抚摩着玳瑁的小孩们，舍不得走开。

玳瑁现在在楼上寻觅了，它大声地叫着。

"玳瑁,这里来,在这里。"我们学着父亲仿佛对人说话似的叫着玳瑁说。

但是玳瑁像只懂得父亲的话,不能了解我们说什么。它在楼上寻觅着,在弄堂里寻觅着,在厨房里寻觅着,可不走进以前父亲天天夜里带着它睡觉的房子。我们有时故意作弄它的小孩们,使它们发出微弱的鸣声。玳瑁仍像没有听见似的。

过了一会,玳瑁给我们女工捉住了。它似乎饿了,走到厨房去吃饭,却不防给她一手捉住了颈背的皮。

"快来!快来!捉住了!"她大声叫着。

我扯了早已预备好的绳圈,跑出去。

玳瑁大声地叫着,用力地挣扎着。待至我伸出手去,还没抱住玳瑁,女工的手一松,玳瑁溜走了。

它再不到厨房里去,只在楼上叫着,寻觅着。

几点钟后,我们只得把玳瑁的小孩们送回楼上。它们显然也和玳瑁似的在忍受着饥饿和痛苦。

玳瑁又静默了,不到十分钟,我们已看不见它的小孩们的影子。现在可不必再费气力,谁也不会知道它们的所在。

有一天一夜,玳瑁没有动过厨房里的饭。以后几天,它也只在夜里,待大家睡了以后到厨房里去。

我们还想设法带玳瑁出来,但是母亲说:"随它去吧,这样有灵性的猫,哪里会不晓得我们要离开这里。要出去自然不会躲开的。你们看它，父亲过世以后，再也不忍走进那两间房里，并且几天没有吃饭，明明在非常地伤心。现在怕是还想在这里陪伴你们父亲的灵魂呢。它原是你父亲的。"

我们只好随玳瑁自己了。它显然比我们还舍不得父亲，舍不得父亲所住过的房子，走过的路以及手所抚摸过的一切。父亲的声音，父亲的形象，父亲的气息，应该都还很深刻地萦绕在它的脑中。

可怜的玳瑁，它比我们还爱父亲！

然而玳瑁也太凄惨了。以后还有谁再像父亲似的按时给它好的食物，而且慈爱地抚摩着它，像对人说话似的一声声地叫它呢？

离家的那天早晨，母亲曾给它留下了许多给孩子吃的稀饭在厨房里。门虽然锁着，玳瑁应该仍然晓得走进去。邻居们也曾答应代我们给它饲料。然而又怎能和父亲在的时候相比呢？

现在距我们离家的时候又已一月多了。玳瑁应该很健康着，它的小孩们也该是很活泼可爱了吧？

我希望能再见到和父亲的灵魂永久同在着的玳瑁。

夏夜

萧红

密密的浓黑的一带长林,远在天边静止着。夏夜蓝色的天,蓝色的夜。夏夜坐在茅檐边,望着茅檐借宿麻雀的窠巢,隔着墙可以望见北山森静的密林,林的那端,望不见弯月勾垂着。

于是虫声,各样的穿着夜衣的幽灵般的生命的响叫。墙外小溪畅引着,水声脆脆。菱姑在北窗下语着多时了!眼泪凝和着夜露已经多时了!她依着一株花枝,花枝的影子抹上墙去,那样她俨若睡在荷叶上,立刻我取笑她:"荷叶姑娘,怎么啦?"

她过来似用手打我,嘴里似乎咒我,她依过的那花枝,立刻摇闪不定了,我想:我们两个是同一不幸的人。

"为什么还不睡呢？有什么说的尽在那儿咕咕叨叨，天不早啦，进来睡。"

祖母的头探出竹帘外，又缩回去。在模糊的天之下，我看见她白色的睡衣，我疑她是一只夜猫，在黑夜她也是到处巡行着。

菱姑二十七岁了，菱姑的青春尚关闭在怀中，近来她有些关闭不住了，她怎么能不忧伤呢？怎能对于一切生兴致呢？渐渐脸孔惨黄。

她一天天远着我的祖母，有时间只和我谈话，和我在园中散步。

"小萍，你看那老太太，她总怕我们在一起说什么，她总留心我们。

"小萍，你在学校一定比我住在家得到的知识多些，怎么你没有胆子吗？我若是你，我早跑啦！我早不在家受他们的气，就是到工厂去做工也可以吃饭。

"前村李正的两个儿子，听说去当'胡子'，可不是为钱，是去……"

祖母宛如一只猫头鹰样，突然出现在我们背后，并且响着她的喉咙，好像响着猫头鹰的翅膀似的。"好啊！这东西在这议论呢！我说，菱子你还有一点廉耻没有？"她吐口涎在地面上，"小萍那丫头入了什么党啦，你也跟她学，没有老幼！没有一点姑娘样！尽和男学生在一块。你知道她爸爸为什么不让她上学，怕是再上学更要学坏，更没法管教啦！"

我常常是这样，我依靠墙根哭，这样使她更会动气，她的眼睛像要从眼眶跑出来马上落到地面似的，把头转向我，银簪子闪着光："你真给咱家出了名了，怕是祖先上也找不出这丫头。"

我听见她从窗口爬进去的时候，她仍是说着我把脸丢尽了。就是那夜，菱姑在枕上小声说："今天不要说什么了，怕是你奶奶听着。"

菱姑是个乡下姑娘，她有热的情怀，聪明的素质，而没有好的环境。

"同什么人结婚好呢？"她常常问我。

"我什么时候结婚呢？结婚以后怎样生活？我希望我有职业，我一定到工厂去。"她说。

那夜我怎样努力也不能睡着，我反复想过菱姑的话，可怜的菱姑她只知道在家庭里受压迫，因为家中有腐败的老太婆。然而她不能知道工厂里更有齿轮，齿轮更会压榨。

在一条长炕上，祖母睡在第一位，菱姑第二位，我在最末的一位。通宵翻转着，我仿佛是睡在蒸笼里，每夜要听后窗外的虫声，和着这在山上的密林的啸声透进竹帘来，也听更多的在夜里的一切声息。今夜我被蒸笼蒸昏了！忘记着一切！

是天快亮的时候，马在前院响起鼻子来，狗睡醒了，在院中抖擞着毛，这时候正是炮手们和一切守夜更的人睡觉的时候。在夜里就连叔叔们也戒备着，戒备着这乡村多事的六八月，现在他们都去睡觉了！院中只剩下些狗、马、鸡和鸭子们。

就是这天早晨，来了胡匪了，有人说是什么军，有人说是前村里正的儿子。

祖母到佛龛边去叩头，并且祷告："佛爷保佑……"

"我来保佑吧！"站在佛龛边我说。

菱姑作难的把笑沉下去。

大门打开的时候，只知是官兵，不是胡匪，不是什么什么军。

萤

靳以

郁闷的无月夜，不知名的花的香更浓了，炎热也愈难耐了；千千万万的萤火在黑暗的海中漂浮着。那像亮在泡沫的尖顶的一点雪白的水花，也像是照映在海面上群星的身影。我仰起头来，天上果真就嵌满了星星，都在闪着，星是天间的萤的身影呢，还是萤是地上的星的身影？但是它们都发着光，虽然很微细，却也为夜行人照亮眼前的路。路是很平坦，入了夜，该是毒物的世界，不是曾经看见过一尾赤练蛇横在路的中央么？它不一定要等待人们去侵犯它才张口来咬的，它就是等在那里，遇到什么生物也不放过，它是依靠吞噬他人的生命才得生存的。

可是萤却高高低低浮在空中，不但为人照亮了路边的深坑，也为人照出偃卧的毒蛇，使过路人知所趋避。群星在天上，也用忧愁而关心的眼睛望着，它自知是发光的，就更把眼睛大了（因为疲倦，所以不得不一眨一眨的），它恨不得大声喊出来，告诉人们："在地上，夜是精灵的世界，回到你们的家中去吧，等待太阳出来再继续你们的行程。"可是它没有声音，因为风静止着，森林也得守着它们的沉默。田间的水流，也因为干涸，停止它们的潺潺了。在地上，在黯黑的夜里，只有蛙发着噪聒的鸣叫，那是使人觉得郁热更其难耐，黑夜更其无边的。守在路中的蛇也在嘶嘶地叫着，怕也因为没有猎取物而感到不耐吧？它也许意识到萤火对它是不利的，便高昂起头来，想用那吞吐的毒舌吸取一只两只；可是可爱的萤火，早自飞到更高处去了。向上看，那毒蛇才又看到天上闪烁着那么多发光的眼睛，一切光，原来都是使人类幸福的，它就不得不颓然又垂下头，扭着那斑驳的身躯，不情愿地回到自己的洞穴中去了。

那成千成万的萤火虫，却一直愉快地飘着，向上飞在高空中，它的光显得细弱了，它还是落到地上来。落在树枝上，使人们看到肥大的绿叶间还有一丛丛的花朵，那香气该是它们发散出来的吧？落在路边的草上，映出那细瘦的叶尖，和那上面栖息着的一只小甲虫。落在老人的胡须上，孩子更会稚气地叫着："看，胡子像烟斗似的烧起来了，一亮一亮的。"落在骄傲的孩子的发际,她就便得意地说:"看我头上簪了星星!"

　　它们就是这样成夜地忙碌着,在黯黑的世界中穿行;当着太阳的光重复来到大地,它们就和天际的星星互相道着辛苦隐下去了,等待暗夜复来的时候再为人类献出它们微弱的光辉。

它们就是这样成夜地忙碌着,在黯黑的世界中穿行;当着太阳的光重复来到大地,它们就和天际的星星互相道着辛苦隐下去了,等待暗夜复来的时候再为人类献出它们微弱的光辉。

芒种

MANG ZHONG

二十四节气

芒种看今日，螳螂应节生。
彤云高下影，鹩鸟往来声。
渌沼莲花放，炎风暑雨情。
相逢问蚕麦，幸得称人情。

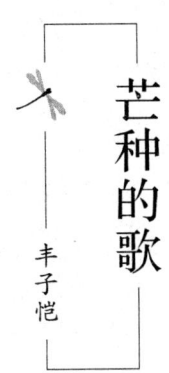

芒种的歌
丰子恺

五点半到了。收了小提琴,放松弓弦,把琴和弓藏进匣子里,坐在北窗下的藤椅子里休息一下。一种歌声,从屋后的田坂里飘进楼窗来:

上有凉风下有水,
为啥勿唱响山歌?
…………

辽阔的大气共鸣着,风声水声伴奏着,显得这歌声异常嘹亮,异常清脆,使我听了十分爽快。半个月以来的身体疲劳,和精神的苦痛，暂时都恢复了。

　　半个月以前，我进城去参加运动会。闭幕后，爸爸同我去访问新从外国回来的研究音乐的姨丈。姨丈说我很有音乐的天才，于是爸爸出了二十五块钱，托他给我买一只小提琴，并且在他的书架中选了这册枯燥的乐谱，教我天天练习。当时我们听了姨丈的演奏，大家很赞叹。爸爸曾经滑稽地骗我，说姨丈娶了一位外国姨母，很会唱歌的。我也觉得这乐器的音色真同肉声一样亲切而美丽，誓愿跟他学习。为了我要进学，不能住在城里，爸爸特地请姨丈到我家小住了一个星期，指导我初步。我每天四点钟从学校回家，休息半小时，就开始拉小提琴，一直拉到五点半或六点。姨丈去后，由爸爸指导练习。练到现在，已经半个月了，弄得我身体非常疲劳，精神非常苦痛：我天天站着拉提琴，腿很酸痛；我天天用下巴夹住提琴，头颈好像受了伤。我的左手指天天在石硬的弦线上用力地按，指尖已经红肿，皮肤将破裂了。想要废止，辜负爸爸的一片好意，如何使得？他以前曾费七十块钱给我买风琴。为了我的手太小，搭不着八个键板，我的风琴练习没有正式进行，如今又费二十五块钱给我买提琴，特地邀请姨丈来家教我，自己又放弃了工作来督促我。这回倘再半途而废，如何对得起爸爸？倘再忍耐下去，实在有些吃不消了。

　　怪来怪去，要怪这册练习书太没道理。天天教我弹那枯燥无味的东西：不是"独揽梅，揽梅花，梅花扫……"，便是"独揽梅独，揽梅花揽，梅花扫梅……"，从来没有一个好听些的乐曲给我奏。老实说，七十块钱的风琴，二十五块钱的提琴，都远不如一块钱的口琴。那小家伙我一学就会，而且给我吹的都是有兴味的小曲。凡事总要伴着有兴味，才好干下去。现在这些提琴曲"味同嚼蜡"。要我每天放学后站着嚼一个钟头蜡，如何使得！……今天的嚼蜡已经过去，且到外面散步一下。我从藤椅子里起身，对镜整理我的童子军装，带着沉重的心情走下楼去。

　　走到楼下，看见外婆一手提着手巾包，一手扶着拐杖，正在走进墙门来。姆妈上前去迎接她。我走近外婆面前，大喊一声"敬礼"，立正举手。外婆吓了一跳，摇了两摇，几乎摇倒在地，幸而姆妈扶得快，不曾跌跤。啊哟，我险些儿闯了祸。但最近我们校里厉行童子军训练，先生教我们见了长辈必须如此敬礼。对外婆岂可不敬？不过我自知今天因为提琴练得气闷，不免喊得太响了些。对面的若是体操先生，我原是十分恭敬的；但换了外婆，我刚才好像就是骂人或斥狗，真真对她不起！幸而姆妈善为解释，外婆置之一笑。然而她的确受了惊吓，当她走过庭院，到厅上去坐的时候，她的手一直抚摩着自己的胸膛。姆妈因此不安，用不快的眼色看我。我自知闯祸，就乘机退避。

　　走到门边，听见门房间里发出一种声音，咿哑咿哑，同我的小提琴声完全相似。听他所奏的曲子,委婉流丽,上耳甜津津的。这是王老伯伯的房间。难道王老伯伯也出二十五块钱买了一口提琴,而且已经学得这样进步了?我闯进门房间,看见他坐在椅子里,仰起头,架起脚,正在奏乐。他的乐器是在一个竹筒上装一根竹管和两弦线而成的,形如木匠的锯子,用左手扶着,放在膝上拉奏。看他毫不费力,而且很写意,外加奏得很好听。他见我来,摇头摆尾地拉得越是起劲了。我一把握住他的乐器,问他这叫什么,奏的是什么曲。他把弓挂在乐器头上,全部递给我,让我观玩。说道:"哥儿有一个琴,我也有一个琴,你的值二十五块钱,我的只花三毛半。这叫作'胡琴',我刚才拉的叫作《梅花三弄》。你看好听不好听?"

我照他的姿势坐下,也拉拉胡琴看,觉得身体很舒报,发音很容易,远胜于我的提琴,而且音色也不很坏。我想起了:这是戏文里常用的乐器,剃头司务们也常玩着的,但所谓《梅花三弄》,以前我听人在口琴上吹,觉得很不好听,为什么王老伯伯所奏的似乎动人得很呢?我问他,他笑道:"这叫作熟能生巧。我现在虽然又穷又老,年轻时也曾快活过来。那时候,我们村里一班小伙子,个个都会丝竹管弦。迎起城隍会来,我们还要一边走路,一边奏乐呢。那时拉一支《拜香调》,我现在还没有忘记。"说着就从我手中夺过胡琴去,咿哑咿哑地又拉起来。这是一种低级趣味的音乐,爸爸所称为靡靡之音的。我原感觉得不可爱,但似有一种魔力,着人如醉,不由我不听下去。听完了不知不觉地从他手里接过胡琴来,模仿着他的旋律而学习起来了。王老伯伯得了我这个知音,很是高兴,热心地来指导我。不久,我也在胡琴上学会了半曲《拜香调》,而且居然也会加花。

窗外有一个头在张望,我仔细一看,是爸爸。我犹如犯校规而被先生看见了一般,立刻还了胡琴,红着脸走出门去。爸爸没有问我什么,但说同我散步去。便拉了我的手,走到了屋后的田坂里。路旁有一块大石头,我们在石头上坐下了。

"你为什么请王老伯伯教那些乐器?"爸爸的声音很低,而且很慢;然而这是他对我最严厉的责备了。我不敢假造理由来搪塞,就把提琴练习如何吃力,如何枯燥无味,以及如何偶然受胡琴的诱惑的话统统告诉了他。最后我毅然地说:"但这也不过是暂时的感觉。以后我一定要勇猛精进,决不抛弃我的小提琴。"

爸爸的脸色忽然晴朗了,怡然地说:"我很能原谅你。这是我的疏忽,没有预先把提琴练习的性状告诉你,而一味督察你用功,今天幸有这个机会,让我告诉你吧。你要记着:第一,音乐并不完全是享乐的东西,并非时时伴着兴味的。在未学成以前的练习时期,比练习英文数学更加艰苦,需要更多的努力和忍耐。第二,人生的事,苦乐必定相伴,而且成正比例。吃苦愈多，享乐愈大；反之，不吃苦就不得享乐。这是丝毫不爽的定理，你切不可忘记。你所学的提琴，是技术最难的一种乐器。须得下大决心，准备吃大苦头，然后可以从事学习的。从今天起，你可用另一副精神来对付它，暂时不要找求享乐，且当它是一个难关。腿酸了也不管，头颈骨痛了也不管，指头出血了也不管，勇猛前进。通过了这难关，就来到享乐的大花园了。"

这时候，夕阳快将下山，农夫还在田坂里插秧。他们的歌声飘到我们的耳中：

> 上有凉风下有水，
> 为啥勿唱响山歌？
> 肚里饿来心里愁，
> 哪里来心思唱山歌？
> …………

爸爸对我说："你听农人们的插秧歌！芒种节到了，农人的辛苦从此开始了。插秧、种田、下肥、车水、拔草……经过不少的辛苦，直到秋深方才收获。他们此刻正在劳苦力作，肚饥心愁，比你每天一小时的提琴练习辛苦得多呢。"

我唯唯地应着，跟着他缓步归家。回家再见我的提琴，它似乎变了相貌，由嬉笑的脸变成严肃的脸了。

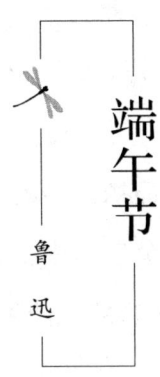

端午节

——鲁迅

方玄绰近来爱说"差不多"这一句话,几乎成了"口头禅"似的;而且不但说,的确也盘据在他脑里了。他最初说的是"都一样",后来大约觉得欠稳当了,便改为"差不多",一直使用到现在。

他自从发现了这一句平凡的警句以后,虽然引起了不少的新感慨,同时却也得到许多新慰安。譬如看见老辈威压青年,在先是要愤愤的,但现在却就转念道,将来这少年有了儿孙时,大抵也要摆这架子的罢,便再没有什么不平了。又如看见兵士打车夫,在先也要愤愤的,但现在也就转念道,倘使这车夫当了兵,这兵拉了车,大抵也就这么打,便再也不放在心上了。

他这样想着的时候，有时也疑心是因为自己没有和恶社会奋斗的勇气，所以瞒心昧己的故意造出来的一条逃路，很近于"无是非之心"，远不如改正了好。然而这意见，总反而在他脑里生长起来。

他将这"差不多说"最初公表的时候是在北京首善学校的讲堂上，其时大概是提起关于历史上的事情来，于是说到"古今人不相远"，说到各色人等的"性相近"，终于牵扯到学生和官僚身上，大发其议论道：

"现在社会上时髦的都通行骂官僚，而学生骂得尤利害。然而官僚并不是天生的特别种族，就是平民变就的。现在学生出身的官僚就不少，和老官僚有什么两样呢？'易地则皆然'，思想言论举动风采都没有什么大区别……便是学生团体新办的许多事业，不是也已经难免出弊病，大半烟消火灭了么？差不多的。但中国将来之可虑就在此……"

散坐在讲堂里的二十多个听讲者，有的怅然了，或者是以为这话对；有的勃然了，大约是以为侮辱了神圣的青年；有几个却对他微笑了，大约以为这是他替自己的辩解：因为方玄绰就是兼做官僚的。

而其实却是都错误。这不过是他的一种新不平；虽说不平，又只是他的一种安分的空论。他自己虽然不知道是因为懒，还是因为无用，总之觉得是一个不肯运动，十分安分守己的人。

总长冤他有神经病，只要地位还不至于动摇，他决不开一开口；教员的薪水欠到大半年了，只要别有官俸支持，他也决不开一开口。不但不开口，当教员联合索薪的时候，他还暗地里以为欠斟酌，太嚷嚷；直到听得同寮过分的奚落他们了，这才略有些小感慨，后来一转念，这或者因为自己正缺钱，而别的官并不兼做教员的缘故罢，于是也就释然了。

他虽然也缺钱，但从没有加入教员的团体内，大家议决罢课，可是不去上课了。政府说"上了课才给钱"，他才略恨他们的类乎用果子耍猴子。一个大教育家说道"教员一手挟书包一手要钱不高尚"，他才对于他的太太正式的发牢骚了。

"喂，怎么只有两盘？"听了"不高尚说"这一日的晚餐时候，他看着菜蔬说。

他们是没有受过新教育的，太太并无学名或雅号，所以也就没有什么称呼了，照老例虽然也可以叫"太太"，但他又不愿意太守旧，于是就发明了一个"喂"字。太太对他却连"喂"字也没有，只要脸向着他说话，依据习惯法，他就知道这话是对他而发的。

"可是上月领来的一成半都完了……昨天的米，也还是好容易才赊来的呢。"伊站在桌旁，脸对着他说。

"你看，还说教书的要薪水是卑鄙哩。这种东西似乎连人要吃饭，饭要米做，米要钱买这一点粗浅事情都不知道……"

"对啦。没有钱怎么买米，没有米怎么煮……"

他两颊都鼓起来了，仿佛气恼这答案正和他的议论"差不多"，近乎随声附和模样；接着便将头转向别一面去了，依据习惯法，这是宣告讨论中止的表示。

待到凄风冷雨这一天，教员们因为向政府去索欠薪，在新华门前烂泥里被国军打得头破血出之后，倒居然也发了一点薪水。方玄绰不费一举手之劳的领了钱，酌还些旧债，却还缺一大笔款，这是因为官僚也颇有些拖欠了。当是时，便是廉吏清官们也渐以为薪之不可不索，而况兼做教员的方玄绰，自然更表同情于学界起来，所以大家主张继续罢课的时候，他虽然仍未到场，事后却尤其心悦诚服的确守了公共的决议。

然而政府竟又付钱，学校也就开课了。但在前几天，却有学生总会上一个呈文给政府，说："教员倘若不上课，便不要付欠薪。"这虽然并无效，而方玄绰却忽而记起前回政府所说的"上了课才给钱"的话来，"差不多"这一个影子在他眼前又一幌，而且并不消灭，于是他便在讲堂上公表了。

准此，可见如果将"差不多说"锻炼罗织起来，自然也可以判作一种挟带私心的不平，但总不能说是专为自己做官的辩解。只是每到这些时，他又常常喜欢拉上中国将来的命运之类的问题，一不小心，便连自己也以为是一个忧国的志士；人们是每苦于没有"自知之明"的。

但是"差不多"的事实又发生了,政府当初虽只不理那些招人头痛的教员,后来竟不理到无关痛痒的官吏,欠而又欠,终于逼得先前鄙薄教员要钱的好官,也很有几员化为索薪大会里的骁将了。唯有几种日报上却很发了些鄙薄讥笑他们的文字。方玄绰也毫不为奇,毫不介意,因为他根据了他的"差不多说",知道这是新闻记者还未缺少润笔的缘故,万一政府或是阔人停了津贴,他们多半也要开大会的。

他既已表同情于教员的索薪,自然也赞成同寮的索俸,然而他仍然安坐在衙门中,照例的并不一同去讨债。至于有人疑心他孤高,那可也不过是一种误解罢了。他自己说,他是自从出世以来,只有人向他来要债,他从没有向人去讨过债,所以这一端是"非其所长"。而且他最不敢见手握经济之权的人物,这种人待到失了权势之后,捧着一本《大乘起信论》讲佛学的时候,固然也很是"蔼然可亲"的了,但还在宝座上时,却总是一副阎王脸,将别人都当奴才看,自以为手操着你们这些穷小子们的生杀之权。他因此不敢见,也不愿见他们。这种脾气,虽然有时连自己也觉得是孤高,但往往同时也疑心这其实是没本领。

大家左索右索,总算一节一节的挨过去了,但比起先前来,方玄绰究竟是万分的拮据,所以使用的小厮和交易的店家不消说,便是方太太对于他也渐渐的缺了敬意,只要看伊近来不很附和，而且常常提出独创的意见，有些唐突的举动，也就可以了然了。到了阴历五月初四的午前，他一回来，伊便将一叠账单塞在他的鼻子跟前，这也是往常所没有的。

"一总总得一百八十块钱才够开消……发了么？"伊并不对着他看的说。

"哼，我明天不做官了。钱的支票是领来的了，可是索薪大会的代表不发放，先说是没有同去的人都不发，后来又说是要到他们跟前去亲领。他们今天单捏着支票，就变了阎王脸了，我实在怕看见……我钱也不要了，官也不做了，这样无限量的卑屈……"

方太太见了这少见的义愤，倒有些愕然了，但也就沉静下来。

"我想，还不如去亲领罢，这算什么呢。"伊看着他的脸说。

"我不去！这是官俸，不是赏钱，照例应该由会计科送来的。"

"可是不送来又怎么好呢……哦，昨夜忘记说了，孩子们说那学费，学校里已经催过好几次了，说是倘若再不缴……"

"胡说！做老子的办事教书都不给钱，儿子去念几句书倒要钱？"

伊觉得他已经不很顾忌道理，似乎就要将自己当作校长来出气，犯不上，便不再言语了。

两个默默地吃了午饭。他想了一会，又懊恼的出去了。

照旧例，近年是每逢节根或年关的前一天，他一定须在夜里的十二点钟才回家，一面走，一面掏着怀中，一面大声的叫道："喂，领来了！"于是递给伊一叠簇新的中交票，脸上很有些得意的形色。谁知道初四这一天却破了例，他不到七点钟便回家来。方太太很惊疑，以为他竟已辞了职了，但暗暗地察看他脸上，却也并不见有什么格外倒运的神情。

"怎么了？……这样早？……"伊看定了他说。

"发不及了，领不出了，银行已经关了门，得等初八。"

"亲领？……"伊惴惴地问。

"亲领这一层，倒也已经取消了，听说仍旧由会计科分送。可是银行今天已经关了门，休息三天，得等到初八的上午。"他坐下，眼睛看着地面了，喝过一口茶，才又慢慢的开口说，"幸而衙门里也没有什么问题了，大约到初八就准有钱……向不相干的亲戚朋友去借钱，实在是一件烦难事。我午后硬着头皮去寻金永生，谈了一会，他先恭维我不去索薪，不肯亲领，非常之清高，一个人正应该这样做；待到知道我想要向他通融五十元，就像我在他嘴里塞了一大把盐似的，凡有脸上可以打皱的地方都打起皱来，说房租怎样的收不起，买卖怎样的赔本，在同事面前亲身领款，也不算什么的，即刻将我支使出来了。"

"这样紧急的节根，谁还肯借出钱去呢。"方太太却只淡淡的说，并没有什么慨然。

方玄绰低下头来了，觉得这也无怪其然的，况且自己和金永生本来很疏远。他接着就记起去年年关的事来，那时有一个同乡来借十块钱，他其时明明已经收到了衙门的领款凭单的了，因为恐怕这人将来未必会还钱，便装了一副为难的神色，说道衙门里既然领不到俸钱，学校里又不发薪水，实在"爱莫能助"，将他空手送走了。他虽然自己并不看见装了怎样的脸，但此时却觉得很局促，嘴唇微微一动，又摇一摇头。

然而不多久，他忽而恍然大悟似的发命令了：叫小厮即刻上街去赊一瓶莲花白。他知道店家希图明天多还账，大抵是不敢不赊的，假如不赊，则明天分文不还，正是他们应得的惩罚。

莲花白竟赊来了，他喝了两杯，青白色的脸上泛了红，吃完饭，又颇有些高兴了。他点上一支大号哈德门香烟，从桌上抓起一本《尝试集》来，躺在床上就要看。

"那么，明天怎么对付店家呢？"方太太追上去，站在床面前，看着他的脸说。

"店家？……叫他们初八的下半天来。"

"我可不能这么说。他们不相信，不答应的。"

"有什么不相信。他们可以问去，全衙门里什么人也没有领到，都得初八！"他戴着第二个指头在帐子里的空中画了一个半圆，方太太跟着指头也看了一个半圆，只见这手便去翻开了

《尝试集》。

方太太见他强横到出乎情理之外了,也暂时开不得口。

"我想,这模样是闹不下去的,将来总得想点法,做点什么别的事……"伊终于寻到了别的路,说。

"什么法呢?我'文不像誊录生,武不像救火兵',别的做什么?"

"你不是给上海的书铺子做过文章么?"

"上海的书铺子?买稿要一个一个的算字,空格不算数。你看我做在那里的白话诗去,空白有多少,怕只值三百大钱一本罢。收版权税又半年六月没消息,'远水救不得近火',谁耐烦。"

"那么,给这里的报馆里……"

"给报馆里?便在这里很大的报馆里,我靠着一个学生在那里做编辑的大情面,一千字也就是这几个钱,即使一早做到夜,能够养活你们么?况且我肚子里也没有这许多文章。"

"那么,过了节怎么办呢?"

"过了节么?——仍旧做官……明天店家来要钱,你只要说初八的下午。"

他又要看《尝试集》了。方太太怕失了机会,连忙吞吞吐吐的说:

"我想,过了节,到了初八,我们……倒不如去买一张彩票……"

"胡说！会说出这样无教育的……"

这时候，他忽而又记起被金永生支使出来以后的事了。那时他惘惘的走过稻香村，看见店门口竖着许多斗大的字的广告道"头彩几万元"，仿佛记得心里也一动，或者也许放慢了脚步的罢，但似乎因为舍不得皮夹里仅存的六角钱，所以竟也毅然决然的走远了。他脸色一变，方太太料想他是在恼着伊的无教育，便赶紧退开，没有说完话。方玄绰也没有说完话，将腰一伸，咿咿呜呜的就念《尝试集》。

雨后虹

徐志摩

我记得儿时在家塾中读书,最爱夏天的打阵。塾前是一个方形铺石的"天井",其中有石砌的金鱼潭,周围杂生花草,几个积水的大缸,几盆应时的鲜花——这是我们的"大花园"。南边的夏天下午,蒸热得厉害,全靠傍晚一阵雷雨,来驱散暑气。黄昏时满天星出,凉风透院,我常常袒胸跣足和姊嫂兄弟婢仆杂坐在门口"风头里",随便谈笑,随便歌唱,算是绝大的快乐。但在白天不论天热得连气都转不过来,可怜的"读书官官"们,还是照常临帖习字,高喊着"黄鸟黄鸟""不亦说乎";虽则手里一把大蒲扇,不住地扇动,满须满腋的汗,依旧蒸炉似的透发,先生亦还是照常抽他的大烟,哼他的"清平乐府"。在这样烦溽的时候，对面四丈高白墙上的日影忽然隐息，清朗的天上忽然满布了乌云，花园里的水缸盆景，也沉静暗淡，仿佛等候什么重大的消息，书房里的光线也渐渐减淡，直到先生榻上那只烟灯，原来只像一磷鬼火，大放光明，满屋子里的书桌，墙上的字画，天花板上挂的方玻璃灯，都像变了形，怪可怕的。突然一股尖劲的凉风，穿透了重闷的空气，从窗外吹进房来，吹得我们毛骨悚然，满身腻烦的汗，几乎结冰，这感觉又痛快又难过；但我们那时的注意，却不在身体上，而在这凶兆所预告的大变，我们新学得的什么：洪水泛滥、混沌、天翻地覆、皇天震怒等等字句，立刻在我们小脑子的内库里跳了出来，益发引起孩子们：只望烟头起的本性。我们在这阴迷的时刻，往往相顾悍然，索性放开，大噪狂读，身子也狂摇得连生机都碌格作响。

同时沉闷的雷声，已经在屋顶发作，再过几分钟，只听得庭心里石板上噼啪有声，仿佛马蹄在那里踢踏；重复停了；又是一小阵沥浙；如此做了几次阵势，临了紧接着坍天破地的一个或是几个霹雳——我们孩子早把耳朵堵住——扁豆大的雨块，就狠命狂倒下来，屋溜屋檐，屋顶，墙角里的碎碗破铁罐，一齐同情地反响；楼上婢仆争收晒件的慌张咒笑声、关窗声；间壁小孩的欢叫；雷声不住地震吼；天井里的鱼潭小缸，早已像煮沸的小壶，在那里狂流溢——我们很替可怜的金鱼们担忧；那几盆嫩好的鲜花，也不住地狂颤；阴沟也来不及收吸这汤汤的流水，石天井顷刻名副其实，水一直满出了尺半的阶沿，不好了！书房里的地平砖上都是水了！闪电像蛇似钻入室内，连先生肮脏的坑床都照得铄亮；有时外面厅梁上住家的燕子，也进我们书房来避难，东扑西投，情形又可怜又可笑。

在这一团糟之中，我们孩子反应的心理，却并不简单，第一，我们当然觉得好玩，这里品林嘭朗，那里也品林嘭朗，原来又炎热又乏味的下午忽然变得这样异常地闹热，小孩哪一个不欢迎。第二，天空一打阵，大家起劲看，起劲关窗户，起劲听，当然写字的搁笔，念书的闭口，连先生（我们想）有时也觉得好玩！然而我记得我个人亲切的心理反应，仿佛猪八戒听得师父被女儿国招了亲，急着要散伙的心理。我希望那样半混沌的情形继续，电光永闪着，雨永倒着，水永没上阶沿，漫入室内，因此我们读书写字的任务也永远止歇！孩子们怕拘束，最爱自由，爱整天玩，最恨坐定读书，最厌这牢狱一般的书房——犹之猪八戒一腔野心，其实不愿意跟着穷师父取穷经，整天只吃些穷斋。所以关入书房的孩子，没有一个心愿的，底里没有一个不想造反；就是思想没有连贯力，同时书房和牢房收敛野性的效力也逐渐增大，所以孩子们至多短期逃学，暗祝先生生瘟病，很少敢倡言，从此不进书房的革命论。但暑天的打阵，却符合了我们潜伏的希冀，俄顷之间，天地变色，书房变色，有时连先生亦变色，无怪这聚锢的叛儿，这勉强修行的猪八戒，感觉到十二分的畅快，甚至盼望天从此再不要清明，雷雨从此再不要休止！

我生平最纯粹可贵的教育是得之于自然界，田野，森林，山谷，湖，草地，是我的课室；云彩的变幻，晚霞的绚烂，星月的隐现，田野的麦浪，是我的功课；瀑吼，松涛，鸟语，雷声，是我的老师，我的官觉是他们忠谨的学生，受教的弟子。

大部分生命的觉悟，只是耳目的觉悟；我整整过了二十多年含糊生活，疑视疑听疑嗅疑觉的一个生物！我记得我十三岁那年初次发现我的眼是近视，第一副眼镜配好的时候，天已昏黑，那时我在泥城桥附近和一个朋友走走路，我把眼镜试戴上去，仰头一望，异哉！好一个伟大蓝净不相熟的天，张着几千百只指光闪烁的神眼，一直穿过我眼镜眼睛直贯我灵府深处，我不禁大声叫道，好天，今天才规复我眼睛的权利！

但眼镜虽好，只能助你看，而不能使你看；你若然不愿意来看，来认识，来享乐你的自然界，你就戴十副二十副托立克、克立托也是无效！

我到今日才再能大声叫道："好天，今日才知道使用我生命的权利！"

我不抱歉"叫"得迟，我只怕配准了眼镜不知道"看"。

我方才记起小时在私塾里夏天打阵的往迹，我现在想记我二日前冒阵待虹的经验。

猫最好看的情形，是在春天下午她从地毡上午寐醒来，回头还想伸懒腰。出去游玩，猛然看见五步之内，站着一只傲梗不参的野狗，她不禁大怒，把她二十个利爪一起尽性放开，搯紧在地毡上，把她的背无限地高拱，像一个桥洞，尾巴旗杆似笔直竖起，满身的毛也满溢着她的义愤，她圆睁了她的黄睛，对准她的仇敌，从口鼻间哈出一声威吓。这是猫的怒，在旁边看她的人虽则很体谅她的发脾气，总觉得有趣可笑。我想我们站得远远地看人类的悲剧，有时也只觉得有趣可笑。我们在稳固的山楼上，看疾风暴雨，看牛羊牧童在雷震电飙中飞奔躲避，也只觉得有趣可笑。

笑，柏格森说，纯粹是智慧的，示深切的同情感兴，不能同时并存。所以我们需要领会悲剧或深的情感——不论是事实或表现在文字里的——的意义，最简捷的方法是将我们自身和经验的对象同化，开振我们的同情力来替他设身处地。你体会伟大情感的程度愈高，你了解人道的范围亦愈广。我们对待自然界我以为也是如此。我们爱寻常上原，不如我们爱高山大水，爱市河庸沼，不如流涧大瀑，爱白日广天，不如朝彩晚霞，爱细雨微风，不如疾雷迅雨。

简言之，我们也爱自然界情感奋切的际会，他所行动的情绪，当然也不是平常庸气。

所以我十数年前在私塾爱打阵,如今也还是爱打阵,不过这爱字意义不尽相同就是。

有一天,我正在房里看书,列兰(房东的小女孩,她每次见天象变迁总来报告我,我看见两个最富贵的落日,都是她的功劳)跑来说天快打阵了。我一看窗外果然完全矿灰色,一阵阵的灰在街心里卷起,路上的行人都急忙走着,天上已经叠好无数的雨饼,此等信号一动就下,我赶快穿了雨衣,外加我们的袍,戴上方帽,出门骑上自行车,飞快向校门赶去。一路雨点已经雹块似抛下。河边满树开花的栗树,曼陀罗,紫丁香,一齐俯首觳觫,专待恣暴,但他们芬芳的呼吸,却彻浃重实的空气,似乎向孟浪的狂且,乞情求免。我到校门的时候,满天几乎漆黑,雷声已动,门房迎着笑道:"呀,你到得真巧,再过一分钟,你准让阵雨漫透!"我笑答道:"我正为要漫透来的!"

我一口气跑到河边,四围估量了一下,觉得还是桥上的地位最好,我就去靠在桥栏上老等,我头顶正是那株靠河最大的橘树,对面是棵柳树,从柳丝里望见先华亚学院的一角,和我们著名教堂的后背(King's Chapel);两树的中间,正对校友居的大部,中隔着百码见方齐整匀净葱翠的草庭。这是在我的右边。从柳树的左手望见亭亭倩倩三环洞的先华亚桥,她的妙景,整整地印在平静的康河里,河左岸的牧场上,依旧有几匹马几条黄白花牛在那里吃草,啮啮有声,完全不理会天时的变迁,只晓得勤拂着马鬃牛尾,驱逐愈狠的马蝇牛虫。此时天色虽则阴沉可怕,然我眼前绝美的一幅图画——绝色的建筑,庄严的寺角,绝色的绿草,绝色的河与桥,绝色的垂柳高桦——只是一片异样恬静,绝不露仓皇形色。草地上有三两只小雀,时常地跳跃;平常高唱好画者黑雀却都住了口,大约伏在窠里看光景,只远处偶然的鸦啼,散沙似从半天里撒下。

记得,桥上有我站着。

来了!雷雨都到了猖獗的程度,只听见自然界一体的喧哗;雷是鼓,雨落草地是沉溜的弦声,雨落水面是急珠走盘声,雨落柳上是疏郁的琴声,雨落桥栏是击草声。

西南角——牧场那一边我的左手,正对校友居——的云堆里,不时放射出电闪,穿过树林,仿佛好几条紧缠的金蛇,掠过光景,一直打到教堂的颜色玻璃和校友居的青藤白石和凹屈别致的窗坡上,像几条铜扁担,同时打一块磨石大的火石,金花四射,光惊骇目。

雨怒注不休。云色虽稍开明,但四围都是雨激起的烟雾苍茫,克莱亚的一面几乎看不清楚。我仰庇桦老翁的高荫,身上并不大湿,但桥上的水,却分成几道泥沟,急冲下来,我站在两条泥沟的中间,所以鞋也没有诱水。同时我很高兴发现离我十几码一棵大榆树底下,也有两个人站着,但他们分明是避雨,不是像我来看来经验打阵。他们在那里划火抽烟，想等过这阵急需。

那边牧场方才不管天时变迁尽吃的朋友，此时也躲在场中间两枝榆树底下，马低着头，牛昂着头，在那里抱怨或是崇拜老天的变怒。

雨已经下了十几分钟，益发大了。雷电都已经休止，天色也更清明了。但我所仰庇的榉老翁，再也不能继续荫庇我，他老人家自己的胡髭，也支不住淋漓起来，结果是我浑身增加好几斤重量。有时作恶的水一直灌进我的领子，直溜到背上，寒透肌骨；桥栏也全没了；我脚下的干土，也已经渐次灭迹，几条泥沟，已经进成一大股浑流，踊跃进行，我下体也增加了重量，连胫骨都湿了。到这个时候，初阵的新奇已经过去，满眼只是一体的雨色，满耳只是一体的雨声，满身只是一体的雨感觉，我独身——避雨那两位已逃入邻近的屋子里——在大雨里听淹，头上的方巾已成了湿巾，前后左右淋个不住，倒觉得无聊起来。

但我有希望，西天的云已经开解不少，露出夕阳的预兆，我想这雨一停一定有奇景出现——我于是立定主意和雨赌耐心。我向地上看，看无数的榆钱在急涡里乱转，还有几个不幸的虫蚁也葬身在这横流之中，我忽然想起道施滔奄夫斯基的一部小说里的一个设想，他说：你若然发现你自己在一沧海中一块仅仅容足的拳石上，浪涛像狮虎似向你身上扑来，你在这完全绝望的境地，你还想不想活命？我又想起康赖特的《大风》，人和自然原质的决斗。我又想象我在西伯利亚大雪地，穿着皮裘，手拿牧杖，站在一大群绵羊中间。我想战阵是冒险，恋爱是更大的冒险，死是最大的冒险。我想起耶稣，魔鬼，薇纳司，福贺司德；我想飞出这雨圈，去踏在雨云的背上，看他们工作。我想……半点钟已过，我心海里至少涌起了几万种幻想，但雨还是倒个不住。

又过了足足十分钟，雨势方才收敛。满林的鸟雀都出了家门，使劲地欢呼高唱；此时云彩很别致，东中北三路，还是满布着厚云，并且极低，似乎紧罩在教堂的 H 形尖阁上，但颜色已从乌黑转入青灰，西南隅的云已经开张了一只大口，从月牙形的云絮背后冲射出一海的明霞，仿佛菩萨背后的万道佛光，这精悍的烈焰，和方才初雨时的电闪一样，直照在教堂和校友居的上楼，将一带白玻窗尽数打成纯粹的黄金，教堂颜色玻窗上的反射更为强烈，那些画中人物都像穿扮整齐，在金河里游泳跳舞。妙处尤在这些高宇的后背及顶头，只是一片深青，越显得西天云罅月漏的精神，彩焰奔腾的气象。

未雨之先万象都只是静，现在雨一过，风又敛迹，天上虽在那里变化，地上还是一休的静；就是阵雨前的静，是空气空实的现象，是严肃的静，这静是大动大变的符号先声，是火山将炸裂前的静；阵雨后的静不同，空气里的浊质，已经彻底洗净，草青树绿经过了恐怖，重复清新自喜，益发笑容可掬，四围的水气雾意也完全灭迹，这静是清的静，是平静，和悦安舒的静。在这静里，流利的鸟语，益发调新韵切，宛似金匙击玉磬，清脆无比。我对此自然从大力里产出的美，从剧变里透出的和谐，从纷乱中转出的恬静，从暴怒中映出的微笑，从迅奋里结成的安闲，只觉得胸头塞满——喜悦、惊讶、爱好、崇拜、感奋的情绪，满身神经都感受强烈痛快的震撼，两眼火热地蓄泪欲流，声音肢体愿随身旁的飞禽歌舞；同时，我自顶至踵完全湿透浸透，方巾上还不住地滴水，假如有人见我，一定疑心我落了水，但我那时绝对不觉得体外的冷，只觉得体内高乐的热（我也没有受寒）。

　　我正注目看西方渐次扫荡满天云锢的太阳，偶然转过身来，不禁失声惊叫。原来从校友居的正中起直到河边的左岸，已经筑起一条鲜明五彩的虹桥！

松堂游记

朱自清

去年夏天,我们和S君夫妇在松堂住了三日。难得这三日得闲,我们约好了什么事不管,只玩儿,也带了两本书,却只是预备闲得真没办法时消消遣的。

出发的前夜,忽然雷雨大作。枕上颇为怅怅,难道天公这么不做美吗!第二天清早,一看却是个大晴天。上了车,一路树木带着宿雨,绿得发亮,地下只有一些水塘,没有一点尘土,行人也不多。又静,又干净。

想着到还早呢,过了红山头不远,车却停下了。两扇大红门紧闭着,门额是国立清华大学西山牧场。拍了一会门,没人出来,我们正在没奈何,一个过路的孩子说这门上了锁,得走旁门。旁门上挂着牌子,"内有恶犬"。小时候最怕狗,有点趑趄。门里有人出来,保护着进去,一面吆喝着汪汪的群犬,一面只是说,"不碍不碍"。

过了两道小门,真是豁然开朗,别有天地。一眼先是亭亭直上,又刚健又婀娜的白皮松。白皮松不算奇,多得好,你挤着我我挤着你也不算奇,疏得好,要像住宅的院子里,四角上各来上一棵,疏不是?谁爱看?这儿就是院子大得好,就是四方八面都来得好。中间便是松堂,原是一座石亭子改造的,这座亭子高大轩敞,对得起那四围的松树,大理石柱、大理石栏杆,都还好好的,白、滑、冷。白皮松没有多少影子,堂中明窗净几,坐下来清清楚楚觉得自己真太小,在这样高的屋顶下。树影子少,可不热,廊下端详那些松树灵秀的姿态,洁白的皮肤,隐隐的一丝儿凉意便袭上心头。

堂后一座假山,石头并不好,堆叠得还不算傻瓜。里头藏着个小洞,有神龛、石桌、石凳之类。可是外边看,不仔细看不出,得费点心去发现。假山上满可以爬过去,不顶容易,也不顶难。后山有座无梁殿,红墙,各色琉璃砖瓦,屋脊上三个瓶子,太阳里古艳照人。殿在半山,峭然独立,有俯视八极气象。天坛的无梁殿太小,南京灵谷寺的太黯淡,又都在平地上。山上还残留着些旧碉堡,是乾隆打金川时在西山练健锐云梯营用的,在阴雨天或斜阳中看最有味。又有座白玉石牌坊,和碧云寺塔院前那一座一般，不知怎样，前年春天倒下了，看着怪不好过的。

可惜我们来得还不是时候，晚饭后在廊下黑暗里等月亮，月亮老不上，我们什么都谈，又赌背诗词，有时也沉默一会儿。黑暗也有黑暗的好处，松树的长影子阴森森的有点像鬼物拿土。但是这么看的话，松堂的院子还差得远，白皮松也太秀气，我想起郭沫若君《夜步十里松原》那首诗，那才够阴森森的味儿——而且得独自一个人。好了，月亮上来了，却又让云遮去了一半，老远的躲在树缝里，像个乡下姑娘，羞答答的。从前人说："千呼万唤始出来，犹抱琵琶半遮面。"真有点儿！云越来越厚，由他罢，懒得去管了。可是想，若是一个秋夜，刮点西风也好。虽不是真松树，但那奔腾澎湃的"涛"声也该得听吧。

西风自然是不会来的。临睡时，我们在堂中点上了两三支洋蜡。怯怯的焰子让大屋顶压着，喘不出气来。我们隔着烛光彼此相看，也像蒙着一层烟雾。外面是连天漫地一片黑，海似的。只有远近几声犬吠，叫我们知道还在人间世里。

非正式的公园

老舍

济南的公园似乎没有引动我描写它的力量,居然我还想写那么一两句;现在我要写的地方,虽不是公园,可是确比公园强得多,所以——非正式的公园;关于那正式的公园,只好,虽然还想写那么一两句,待之将来。

这个地方便是齐鲁大学,专从风景上看。齐大在济南的南关外,空气自然比城里的新鲜,这已得到成个公园的最要条件。花木多,又有了成个公园的资格。确是有许多人到那里玩,意思是拿它当作——非正式的公园。

逛这个非正式的公园以夏天为最好。春天花多,秋天树叶美,但是只在夏天才有"景",冬天没有什么特色。

当夏天，进了校门便看见一座绿楼，楼前一大片绿草地，楼的四围全是绿树，绿树的尖上浮着一两个山峰，因为绿树太密了，所以看不见树后的房子与山腰，使你猜不到绿荫后边还有什么；深密伟大，你不由得深吸一口气。绿楼？真的，"爬山虎"的深绿肥大的叶一层一层的把楼盖满，只露着几个白边的窗户；每阵小风，使那层层的绿叶掀动，横着竖着都动得有规律，一片竖立的绿浪。

往里走吧，沿着草地——草地边上不少的小蓝花呢——到了那绿荫深处。这里都是枫树，树下四条洁白的石凳，围着一片花池。花池里虽没有珍花异草，可是也有可观；况且往北有一条花径，全是小红玫瑰。花径的北端有两大片洋葵，深绿叶，浅红花；这两片花的后面又有一座楼，门前的白石阶栏像享受这片鲜花的神龛。楼的高处，从绿槐的密叶的间隙里看到，有一个大时辰钟。

往东西看，西边是一进校门便看见的那座楼的侧面与后面，与这座楼平行，花池东边还有一座；这两座楼的侧面山墙，也都是绿的。花径的南端是白石的礼堂，堂前开满了百日红，壁上也被绿蔓爬匀。那两座楼后，两大片草地，平坦，深绿，像张绿毯。这两块草地的南端，又有两座楼，四周围蔷薇做成短墙。设若你坐在石凳上，无论往哪边看，视线所及不是红花，便是绿叶。就是往上下看吧：下面是绿草，红花，与树影；上面是绿枫树叶。往平里看，有时从树隙花间看见女郎的一两把小白伞，有时看见男人的白大衫。伞上衫上时时落上些绿的叶影。人不多，因为放暑假了。

拐过礼堂，你看见南面的群山，绿的。山前的田，绿的。一个绿海，山是那些高的绿浪。

礼堂的左右，东西两条绿径，树荫很密，几乎见不着阳光。顺着这绿径走，不论是往西往东，你看见些小的楼房，每处有个小花园。园墙都是矮松做的。

春天的花多，特别是丁香和玫瑰，但是绿得不到家。秋天的红叶美，可是草变黄了。冬天树叶落净，在园中便看见了山的大部分，又欠深远的意味。只有夏天，一切颜色消沉在绿的中间，由地上一直绿到树上浮着的绿山峰，成为以绿为主色的一景。

夏至

XIA ZHI

二十四节气

西山已暗隔金钲,
犹照东山一抹明。
片子时间弄山色,
乍黄乍紫忽全青。

荷塘月色

朱自清

这几天心里颇不宁静。今晚在院子里坐着乘凉,忽然想起日日走过的荷塘,在这满月的光里,总该另有一番样子吧。月亮渐渐地升高了,墙外马路上孩子们的欢笑,已经听不见了;妻在屋里拍着闰儿,迷迷糊糊地哼着眠歌。我悄悄地披了大衫,带上门出去。

沿着荷塘,是一条曲折的小煤屑路。这是一条幽僻的路;白天也少人走,夜晚更加寂寞。荷塘四面,长着许多树,蓊蓊郁郁的。路的一旁,是些杨柳,和一些不知道名字的树。没有月光的晚上,这路上阴森森的,有些怕人。今晚却很好,虽然月光也还是淡淡的。

路上只我一个人,背着手踱着。这一片天地好像是我的;

我也像超出了平常的自己，到了另一世界里。我爱热闹，也爱冷静；爱群居，也爱独处。像今晚上，一个人在这苍茫的月下，什么都可以想，什么都可以不想，便觉是个自由的人。白天里一定要做的事，一定要说的话，现在都可不理。这是独处的妙处，我且受用这无边的荷香月色好了。

曲曲折折的荷塘上面，弥望的是田田的叶子。叶子出水很高，像亭亭的舞女的裙。层层的叶子中间，零星地点缀着些白花，有袅娜地开着的，有羞涩地打着朵儿的；正如一粒粒的明珠，又如碧天里的星星，又如刚出浴的美人。微风过处，送来缕缕清香，仿佛远处高楼上渺茫的歌声似的。这时候叶子与花也有一丝的颤动，像闪电般，霎时传过荷塘的那边去了。叶子本是肩并肩密密地挨着，这便宛然有了一道凝碧的波痕。叶子底下是脉脉的流水，遮住了，不能见一些颜色；而叶子却更见风致了。

月光如流水一般，静静地泻在这一片叶子和花上。薄薄的青雾浮起在荷塘里。叶子和花仿佛在牛乳中洗过一样；又像笼着轻纱的梦。虽然是满月，天上却有一层淡淡的云，所以不能朗照；但我以为这恰是到了好处——酣眠固不可少，小睡也别有风味的。月光是隔了树照过来的，高处丛生的灌木，落下参差的斑驳的黑影，峭楞楞如鬼一般；弯弯的杨柳的稀疏的倩影，却又像是画在荷叶上。塘中的月色并不均匀；但光与影有着和谐的旋律，如梵婀玲上奏着的名曲。

荷塘的四面，远远近近，高高低低都是树，而杨柳最多。

这些树将一片荷塘重重围住；只在小路一旁，漏着几段空隙，像是特为月光留下的。树色一例是阴阴的，乍看像一团烟雾；但杨柳的丰姿，便在烟雾里也辨得出。树梢上隐隐约约的是一带远山，只有些大意罢了。树缝里也漏着一两点路灯光，没精打采的，是渴睡人的眼。这时候最热闹的，要数树上的蝉声与水里的蛙声；但热闹是它们的，我什么也没有。

忽然想起采莲的事情来了。采莲是江南的旧俗，似乎很早就有，而六朝时为盛；从诗歌里可以约略知道。采莲的是少年的女子，她们是荡着小船，唱着艳歌去的。

采莲人不用说很多，还有看采莲的人。那是一个热闹的季节，也是一个风流的季节。梁元帝《采莲赋》里说得好：

于是妖童媛女，荡舟心许；鹢首徐回，兼传羽杯；棹将移而藻挂，船欲动而萍开。尔其纤腰束素，迁延顾步；夏始春余，叶嫩花初，恐沾裳而浅笑，畏倾船而敛裾。

可见当时嬉游的光景了。这真是有趣的事，可惜我们现在早已无福消受了。

于是又记起《西洲曲》里的句子：

采莲南塘秋，莲花过人头。低头弄莲子，莲子清如水。

今晚若有采莲人，这儿的莲花也算得"过人头"了；只不见一些流水的影子，是不行的。这令我到底惦着江南了。——这样想着，猛一抬头，不觉已是自己的门前；轻轻地推门进去，什么声息也没有，妻已睡熟好久了。

福州的西湖

——郁达夫

天气热了之后,真是热得不可耐,而又不至于热死的时候,我们老会有那一种失神状态出现,就是嗒焉我丧吾的状态。茫茫然,浑浑然,知觉是有的,感觉却迟钝一点;看周围的事物风景,只融成一个很模糊的轮廓,对极熟悉的环境,也会发生奇异的生疏感,仿佛似置身在外国,又仿佛是回到了幼小的时期,总之,是一种半麻木的入梦的状态。

与此相反,于烈日行天的中午,你若突然走进一处阴凉的树林;或如烧似煮的热了一天,忽儿向晚起微风,吹尽了空中的热气,使你得在月明星淡的天盖下静躺着细看天河;当这些样的时候,我们也会起一种如梦似的失神状态,仿佛是从恶梦里刚苏醒转来的样子,既不愿意动弹,也不能够把注意力集中,陶然泰然,本不知道有我,更不知道有我以外的一切纠纷。

这两种情怀,前一种分明有不快的下意识潜伏在心头,而后一种当然是涅槃的境地。在福州,一交首夏,直到白露为止,差不多每日都可以使你体味到这两种至味。

因为福州地处东海之滨,所以夏天的太阳出来得特别的早;可是阳光一普照,空气、地壳、山川草木,就得蒸吐热气。故而自上午八九点钟起,到下午五时前后止,热度,大约总在八十六七至九十一二度的中间。依这一度数看来,福州原也并不比别处特别的热,但是一年到头——十二个月中间,差不多有四五个月,天天都是如此,因而新自外地来的人,总觉得福州这地方比别处却热得不同。在福州热的时间虽则长一点,白天在太阳底下走路的苦楚,虽则觉得难熬一点,但福州的夏夜,实在是富有着异趣,实在真够使人留恋。我假使要模仿《旧约》诸先知的笔调,写起牧歌式的福州夏夜记事来,那开始就得这么的说:

——太阳平西了,海上起了微风。天上的群星放了光,地上的亚当夏娃的子女,成群,结队,都走向西去,同伊色列人的出埃及一样。……

为什么一到晚上,福州的住民大家要走向西去呢?就因为在福州的城西,也有一个西湖,是浮瓜沉李,夏夜乘凉的唯一的好地方。

没有到福州之先,我并不知道福州也有一个西湖。虽则说"天下西湖三十六",但我们所习知的,总只是与苏东坡有关的几个,河南颖上,广东惠州,与浙江杭州。到了福州之后,住上了年余,闲来无事,到各处去走走,觉得西湖在福州的重要,却也不减似杭州,尤其是在夏天。让我们先来查一查这福州西湖的历史(当然是抄的旧籍),乾隆徐景熹修的《福州府志》里说:西湖在候官县西三里。《三山志》:蓄水成湖,可荫民田。《闽都记》:周回二十里,引西北诸山溪水注于湖,与海通潮汐,所溉田不可胜计。《闽书》:西湖,晋太守严高所凿,蓄泄泽民田,周围十数里;王审知时大之,至四十余里。

自从晋后,这西湖屡塞屡浚,时大时小;最后到了民国,许世英氏在这里做省长的时候,还大大的疏浚了一次,并且还编了一部十二大册的《西湖志》。到得现在,时势变了,东北角城墙拆去,建设厅正在做植树,修堤,筑环湖马路的工作。千余年来西湖的历史,不过如此;但史上西湖的黄金时代,却有先后的两期。其一,是王审知王闽以后的时期。闽王宫殿,就筑在现在的布使埕威武军门以内;闽王鏻时,朝西筑甬道,可以直达西湖,在湖上并且更筑起了一座水晶的宫殿,居民道上,往往可以听见地下的弦索之音。

闽王后代,不知前王创业的艰难,骄奢淫逸,享尽了人间的艳福；宫婢陈金凤的父子聚麀，湖亭水嬉，高唱棹歌，当然是在这西湖的圈里，这当是西湖的第一个黄金时代。

其次，是宋朝天下太平，风流太守，像曹颖叔、程师孟、蔡君谟等管领的时代。诗酒流连，群贤毕至，当时的西湖虽小，而流传的韵事却很多！现在市场上流行的那部民国初年修的《西湖志》里，所记的遗闻轶事，歌赋诗词，亦以这一代的为多，称它为西湖第二期的黄金时代，大约总也不至大错。

其后由元历明，以及清朝的一代，虽然也有许多诗人的传说在西湖；但穷儒的点缀，当然只是修几间茅亭，筑一些坟墓而已，像帝王家，太守府那般的豪举，当然是没有的。

这些都是西湖的家谱，只能供好寻故事的人物参考，现在却不得不说一说西湖的面貌，以尽我介绍这海滨西子之劳；万一这僻处在一方的静女，能多得到几位遥思渴慕的有情人，则我一枝秃笔的功德也可以说是不少。

杭州的西湖，若是一个理想中的粉本，那么可以说颐和园得了她的紧凑，而福州的西湖，独得了她的疏散。各有点相像，各有各的好处，而各在当地的环境里，却又很位置的得当。

总之，是一湖湖水，处在城西。水中间有一堆小山，山旁边有几条堤，几条桥，与许多楼阁与亭台。远一点，是附廓的乡村；再远一点，是四周的山，连续不断的山。并且福州的西湖之与闽江，也却有杭州的西湖与钱塘江那么的关系，所以要说像，正是再像也没有。

但是杭州湖上的山，高低远近，相差不多；由俗眼看来，虽很悦目，一经久视，终觉变化太少，奇趣毫无。而福州的西湖近侧，要说低岗浅阜，有城内的屏山（北）与乌石山（南），城外的大梦山、祭酒山（西）。似断若连，似连实断。远处东望鼓山连峰，自莲花山一路东驰，直到海云生处。有时候夕阳西照，有时候明月东升，这一排东头的青嶂，真若在掌股之间；山上的树木危岩，以及树林里的禅房僧舍，都看得清清楚楚；与西湖的距离，并不迫近眉睫，可也不远在千里，正同古人之所说，如硬纸写黄庭，恰到好处的样子。

福州的西湖，因为面积小，所以十景八景的名目，没有杭州那么的有名。并且时过景迁，如大梦松涛的一景，简直已经寻不出一个小浪来了，其他的也就可想而知。但是开化寺前的茶店，开化寺后，从前大约是宛在堂的旧址的那一块小阜，却仍是看晚霞与旭日的好地方。西面一堤，过环桥，就可以走上澄澜堂去，绕一个圈子，可以直绕到北岸的窑角诸娘的家里，这些地方，总仍旧是千余年前的西湖的旧景。并且立在环桥上面，北望诸山腰里的人家，南瞻乌石山头的大石，俯听听桥洞下男男女女的行舟，清风不断，水波也时常散作鳞文，以地点来讲，这桥上当是西湖最好的立脚地。桥头东西，是许世英氏于"五四"那一年立"击楫"碑的地方，此时此景，恰也正配。

福州西湖的游船，有一种像大明湖的方舟，有一种像平常的舢板，设备倒也相当的富丽，但终因为湖面太小了一点，使人鼓不起击楫的勇气；又因为湖水不清，码头太少，四岸没有可以上去游玩的别墅与丛林，所以船家与坐船的人，并没有杭州那么的多。可是年年端午，西湖的里里外外，上上下下，总是人多如鲫，挤得来寸步难移；这时候这些船家，便也可以借吊屈原之名而扬眉吐气，一只船的租金，竟有上二三元一日的；八月半的晚上，当然也是一样。

　　对于福州的西湖，我初来时觉得她太渺小，现在习熟了，却又觉她的楚楚可怜。在《西湖志》的附录里，曾载有一位湖上的少女，被人买去做妾；后来随那位武弁到了北京，因不容于大妇，发配厮养卒以终。少女多才，赋诗若干绝以自哀，所谓"为问生身亲父母，卖儿还剩几多钱？"以及"嫁得伧父双脚健，报人夫婿早登科"等名句，就是这一位福州冯小青之所作。诗的全部，记得《随园诗话》和《两般秋雨庵随笔》里都抄登着在。她，这一位可怜的少女，我觉得就是福州西湖的化身；反过来说，或者把西湖当作她的象征，也未始不可。

阴雨的夏日之晨

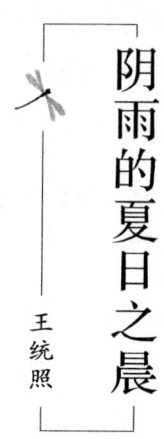

王统照

　　大雨后的清晨，淡灰色的密云罩住了这无边的穹海。虽没有一点儿风丝，却使得人身上轻爽，疏嫩，而微有冷意。我披了单衫，跣足走向前庭。一架浓密的葡萄架上的如绿珠般的垂实，攒集着，尚凝有夜来细雨的余点。两个花池中的凤仙花、灯笼花、金雀、夜来香的花萼，以及条形的、尖形的、圆如小茶杯的翠绿的叶子，都欣然含有生意。地上已铺满了一层粘土的苔藓；踏在脚下柔软的平静的另有一种趣味。我觉得这时我的心上的琴弦已经十二分的谐和，如听幽林凉月下的古琴声，没有紧张的、繁杀的、急促的、激越的音声，只不过似从风穿树籁的微鸣中，时而弹出那样幽沉，和平，在幽静中时而添加的一点悠悠的细响。

少年人的思想行为固然是要反抗的、冲击的，如上战场的武士，如履危寻幽的探险者，如森林中初生的雏鹿，如在天表翱翔的鹰雕。但是偶然得到一时的安静，偶然可以有个往寻旧梦的机会，那么，一棵萋萋的绿草，一杯酽酽的香茗，一声啼鸟，一帘花影，都能使得他从缚紧的、密粘的、耗消精力与戕毁身体的网罗中逃走。暂时不为了争斗，牺牲，名誉，恋爱，悲愤而燃起生命的火焰；放下了双手内的武器，闭住了双目中的欲光，将一切的一切，全行收敛，全行平息，全个儿熨贴在片刻的心头。朦胧也罢，淡漠也罢，也像这微阴的夏日清晨，霹雳歇了它们的震声，电女们暂时沉眠，而洒雨的龙女尚没曾来到，只有淡灰色的密云，罩住了这无边的穹海，一切消沉，一切安静。

前途么？只是横亘着不可数计的黑线，上面带着时明时灭的斑点，没有明丽的火炬，也没有暴烈的飓风。后顾么？过去的道途全为赤色的热尘盖住，一个一个的从来的足印深深的陷入，留下不可消灭的印痕。只有在空中——这神秘的无边穹海里，Phaeton在驾着日车，向昏迷的人间撒布焦灼焚烧的毒热。Melpomene在云间挥剑高歌，惊醒了欢乐的喜梦。鳌背上这小灵球儿徒自抖颤，只是甘心忍受，低首屈服，这无边穹海的威力的迫压。它同它的子孙，哪能有自由挥发，与自由解脱的能力与意志，它也同太空中个个的小灵球，忽然如在午夜中一闪微光，便从它们的姊妹行中失掉。

水是淹溺我们的，火是燃烧我们的，风是播散我们的骨骸的支节与灵魂的渣滓的，地是覆灭我们的……只有毁坏，破裂，死亡，一切的"无"，一切的"化"，一切的"到头都尽"。这其中偶然迸裂出一星两星的"生"的火星，偶然低鸣出一声两声的"爱"的曲调，偶然引导着迷惑的我们左右趑趄，偶然使得我们的心头震颤。无力的我们，便如小孩子得了带酸味的一片糖果，欢呼，跳跃，舞蹈，高歌。及至糖果尚没曾咀嚼出滋味，便与唾味同时消尽，不曾饱满了饥饿的胃，不曾充足了雷鸣的胃肠……末后，只剩下求之不得的号泣，只剩下了过后的依恋帐惘。

勃来克说：

长矛与利剑的战争，
全为露珠儿融解。

果然么？朝露能洗涤人间的罪恶时，我愿同我的亲爱的伴侣永远生存，游戏于露托的模糊的网中。

托尔斯泰说：

　　小鸟儿们在阴影中鼓着翅儿，唱着欢乐的空想的胜利的曲儿。高高在上的树叶儿充满了树汁，在快乐地细语，同时生动的树枝慢慢地而且庄严地在他们的人儿——消灭而死的人儿——上面摇拂。

果然么？生与死能够这样的调谐，死，切断一切而不感寂寞。尚有鸟儿的娇喉，尚有树枝的舞蹈，能以使这为饥饿，为不充足，为怨情，为泪，为念而死的灵魂，觉得慰安，则"死"与"生"，正是一串的珍珠，应该掺合着穿在一起而挂于美丽的女郎的颈上，与火炬的明焰与深碧的海涛相合。而藉此一二个珠儿的光辉，映照着淡灰色的无边穹海的平淡。

但是露珠儿终被毒灼的日光晒干。死去的灵魂，会不会真能听到野鸟的娇歌与树枝儿的细语？

宇宙终古是被淡灰色的密云罩住，清朗、明丽是瞬间的闪光；欢乐、狂喜是突然的情焰的燃烧。就是这样淡漠而平静的、沉沉的如行在灰沙铺满的长途中，争与夺，爱与欲，气愤与牺牲，都是有曲棱的尖刃，不但要切割我们的肢体，且要多流我们的热血。他们是猎人，我们是被逐的动物；他们是深坑，我们是被陷入的土块瓦砾。但……

我们的血潮,终不能静止在我们的心渊;我们的欲念,终不能如芥子之纳于须弥;我们的自由的反抗的种子,终不能使之萌芽,滋生,一时的朦胧,一时的淡漠,更不能上寻"帝乡",永远的逃却人间的网罟。待至震雷作响时,打破了灰色的云幕,洒落下急迅猛烈的雨点,于是万马千军的咆哮,金铁击触的互鸣,我们的心火又随着电火引烧,向无边的穹海中做冲撞的搏战。于是我们便重行转入缚紧的密粘的网中去,为一切而吹起战角挥动军旗,而燃起周身的火焰。

露珠儿果能融解?
死亡果能以平静?

人们的思想原是在循环圈中:有时喜欢吃淡味的面饼,有时喜欢吃辛辣的食物。但平静是一时的慰安,奋动是人生的永趣。我在这夏日的清晨的淡灰色的云幕下,虽然喜慰我这心琴的调谐,但我也何尝忘却霹雳、电光的冲击。我由一杯香茗、一帘花影的沉静生活中,觉得可以遗忘一切,神游于冥渺之境,但激动的奋越的生命之火焰却在隐秘中时时燃着。

我们为消失长矛与利剑的战争,而不惜向更深更远更崎岖的山道中冒险去乞得露珠,虽然也未必真能消除人间的战争。

夏的歌颂

庐隐

出汗不见得是很坏的生活吧,全身感到一种特别的轻松。尤其是出了汗去洗澡,更有无穷的舒畅,仅仅为了这一点,我也要歌颂夏天。

其久被压迫,而要挣扎过——而且要很坦然的过去,这也不是毫无意义的生活吧。春天是使人柔困,四肢瘫软,好像受了酒精的毒,再无法振作;秋天呢,又太高爽,轻松使人忘记了世界上有骆驼——说到骆驼,谁也忘不了它那高峰凹谷之间的重载,和那慢腾腾,不尤不怨的往前走的姿势吧!冬天虽然是风雪严厉,但头脑尚不受压榨。只有夏天,它是无隙不入的压迫你,你每一个毛孔,每一根神经,都受着重大的压榨;同时还有臭虫、蚊子、苍蝇助虐的四面夹攻，这种极度紧张的夏日生活，正是训练人类变成更坚强而有力量的生物。因此我又不得不歌颂夏天！

二十世纪的人类，正度着夏天的生活——纵然有少数阶级，他们是超越天然，而过着四季如春享乐的生活，但这太暂时了，时代的轮子，不久就要把这特殊的阶级碎为齑粉！——夏天的生活是极度紧张而严重，人类必要努力的挣扎过，尤其是我们中国不论士农工商军，哪一个不是喘着气，出着汗，与紧张压迫的生活拼命呢？脆弱的人群中，也许有诅咒，但我却认为只有虔敬的承受，我们尽量的出汗，我们尽量的发泄我们生命之力，最后我们的汗液，便是甘霖的源泉，这炎威逼人的夏天，将被这无尽的甘霖所毁灭，世界变成清明爽朗。

夏天是人类生活中，最雄伟壮烈的一个阶段，因此，我永远的歌颂它。

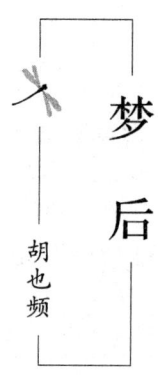

梦后

胡也频

昨夜,他梦见了母亲,和以前梦见的一样:母亲总是悄悄地,小脚步永远是毫无声息地独自悄悄地走来。当她走到了床前,静默地,静默地站了一忽,便珍珍重重地拉开帐门,骤然现出慈祥的微笑,慢慢地弯下腰儿,软绵绵地,软绵绵地吻他脸上……

他总是静静地,故意露些眼缝儿地静静地躺着,眉睫缭动地看着母亲,看着母亲蹑手蹑脚地悄悄地走来。及母亲的唇旁触到他的颊上时,他愉快极了,只是微微地笑着,微笑地倾听那心房里面之美妙的音乐。

少顷,母亲便慢慢地,轻轻地,一些一些地,一些一些地把嘴唇移到他的唇旁了，比蜜还甜的甜蜜蜜地嘴对嘴地吻着……他的心尖像流泉打在石上般地迸跃，无限欣悦的笑意一时都浮系在眉梢头，但仍然是静静地，虽则他正想搂住母亲，撒娇地说："母亲！你以为我是睡着了吗？可是你这样偷偷的都被我知道了呢！……"

无论怎样，无论怎样地得意，那失望永是紧紧地跟在后头呵！愉快的他，像嗷嗷待哺忽含得乳头般愉快的他，终于呆呆地，呆呆地望着昏沉将灭的灯影，凄凄地，惘惘地，泉涌般的泪水奔流到眼眶，一点一点地，一点一点地横落到枕上，衾边，……

像这样永远是这样的梦见母亲后之悲伤，他，他今晨怎能够幸免。

唉！母亲呵！天下的母亲有不认识她儿子的吗？有永远没有抱过她儿子的吗？就是天下的儿子，天下的儿子谁不是最亲爱的便是他的母亲？谁不是受过母亲甜蜜的抚抱？……他这样叹息，由心之最里面吐出来的辽远而深沉的叹息，但他不敢吁哓，不敢尽量地把悲伤发泄，只能默默地，默默地伏在被窝里无力地抽咽。

常绕心头的往事，这时又影片般地现在眼前了——

是清风徐来的夏夜：疏星闪闪烁烁地维系着淡蓝色的穹苍，皎洁的明月圆圆地高高地倒悬天心，在笼罩着万道银光的葡萄架下，他正捉住一个流萤，何等欣悦地想告诉他"母亲"，忽听着"母亲"和伯母在浓密的树影里说道:"光阴走得多快,明天就是玉儿的娘第八周年的忌日了!""可不是吗?真想不到像二嫂那样的人会这么夭寿!""可怜这孩子到今还不认识亲娘是怎个样儿呢!""玉儿的命真硬!出世就克了娘,张嘴又吃了爸!"……他的笑容敛了,疑团像电驰般在胸里不住地旋转着,他想:"母亲"说的玉儿不就是我的名字吗?和伯母谈话的"母亲"难道不是自己的娘吗?为什么说玉儿到今还不认识他娘是怎个样儿呢?这到底是什么缘故呀?……

他呆呆地站在葡萄架旁怔怔地想,许久许久……虚泛的,飘荡的,弱弱的,身躯如蛛丝般随着轻风在云影里摇曳,微小的心房像响穿山谷的琴弦般震动。捉住的不时会闪出绿色光芒的萤虫也不知何时失掉了,他终于悄悄地跑到如火盆似的屋里,默默地,默默地在那里垂泪……

不知在什么时候金黄色的阳光已经闪进纱窗,悄悄地爬在帐上,似乎是特意来慰藉他,也许是带来母亲的使命,神秘地向他说:"不要哭咧!母亲会再来的呵!"然而,万种不堪尝的味道的悲哀,如浪涛般在他的胸中汹涌,如针尖般在他的心头扎煞,怎能不使他的眼泪儿像梨雨般不住地横落!

客厅里的大钟猛然叮当叮当地响了,许是照常地警告他说:"快快起来吧,迟了又要落不是的!"

"是呵!快快起来吧,迟了又要落不是的!"他听着大钟响了之后，哀哀地这样说道。于是便挣扎着，惘惘地离开泪水盈盈的温枕。

"李少爷，"他刚刚披上棉袍，洪嬷即站在门口嚷道，"还没有睡醒吗？……"其实，他的脚跟还没踏到地板时，早就听着洪嬷的磴磴磴的脚步声，和嘴里唧咕唧咕的怨语了。

"早就睡醒了……"他应着便开了房门，果然见着洪嬷的嘴唇又是凸凸的，凸凸着似乎有无限说不出的恶意。

"怎么到这时才起来？"洪嬷的确是表示埋怨了，"少爷急得像什么似的咧！给太太知道了，我可担当不起！"

"说这一大堆的废话干什么！"他发恨地暗暗想道，"少爷那一时的心里不想着逃学，晚点上学去他还会急？给太太知道了，知道了又怎样呢？不过是迟些起来罢了，难道会有什么大罪？该死！像这班'狐假虎威'的都该死……"

他这样愤气像烟般氤氲在心头地想着，但依人宇（篱）下的懦怯终于逼迫他笑着说了："横直已起来了。我以为还早着咧，却不知已晚了。这可别告诉给太太……"然而，洪嬷还是嘴唇凸凸的，凸凸着似乎有无限说不出的恶意。

他送了表弟上学回来，又是冷清清地一个人痴痴地坐在书案前默默地凝神着……

催促光阴往前去的那东西不住地在空间走着，滴答滴答地似乎呼应他热烈的悲戚，终于使他眼泪淋淋地拿起笔儿在一张很长的白纸上写了：

最亲爱的母亲！你总该知道吧？像失掉了母亲的儿子，是应受人家鄙视的，是应受人家欺侮的，无论什么人都可以要怎样就怎样的，母亲，你想看失掉了母亲的儿子是多么可怜呵！母亲，你可怜的儿子，当然也和普通失掉了母亲的儿子所受人家的待遇是一样的，或者还尤甚些，因为你可怜的儿子连父亲也失掉了！

母亲，你若在世，我可以把所受的委屈化作眼泪痛痛快快地在你的怀里大哭一场，现在，只能咽在肚里面默默地饮泣呵！母亲，你可怜的儿子，到如今还是一朵浮萍。在这莽苍苍的宇宙里不住地飘荡，没有归宿，没有凭依，母亲，倘若你在世，我怎至如斯？

伯母的仁哥现在已做到海军的上校了；叔母的奇哥也由日本得了政治科学士而当大学的教授了；你可怜的儿子的亲哥哥现在也做了驻美领事的秘书；他们——我不信连同母的亲哥哥也在内，母亲，他们都是"拔一毛而利天下不为"的呵！你可怜的儿子虽曾极诚恳地用十分热泪向他们求助，但仁哥来信说："海军欠饷了八个月，你想看有钱津贴你没有？请你和奇哥与琛哥商量吧。"奇哥来信也这样说："各部都欠饷，教育的经费毫无着落，或者海军舰队因可以截夺盐余的关系，暗暗偷发几成，你为什么不向仁哥和琛哥要去？"绝想不到琛哥来信也这样说了:"我一个月虽有一百二十元,但因不得不用之耗费,每月都是亏空。我想仁哥每月三百六十元还有外润,奇哥也二百四十元一个月,他们是可以津贴你的,别孤注在我这个穷鬼身上……"唉!母亲呵,你看他们一个推一个,好像我不是他们的兄弟似的,难道他们真个每月拿十元津贴我都不能为力吗?母亲,倘若你在世,他们怎敢如此?现在,你可怜的儿子像飞絮般落到了五表伯家里,蒙他收留;但,失掉了母亲的儿子,无论是谁都可以要怎样就怎样的,他们——五表伯和五表伯母及他们家里人——谁也不曾独出例外!母亲,倘若你在世,他们能不看待我以礼?

母亲,你知道你可怜的儿子在这里眼泪像断线的珍珠般流下地写这伤心的事吗?母亲,你离我已是十六年了。但为什么天下间会有母亲离去儿子的惨事呢?母亲,你为什么便离去你可怜的儿子呀?我想,母亲,你也许和我一样地痛心吧!母亲,你离去你可怜的儿子,你到底上哪里去呀?怎么不母子俩一块儿去呢?若是一块儿上乐园去,便更加快乐了;若是一块儿上苦境去,那正好彼此安慰呀!母亲,你怎么悄悄地竟独自走去了?母亲,你到底上什么地方去呀?母亲,你到底上什么地方去呀?……

他的眼前现着重重黑幕般写到这里,似乎那已经紧紧结着柔肠寸寸地断了,那已经是密布着伤痕的心也片片地碎了……觉得雄伟的悲哀像全宇宙那么大般悠悠地从顶上有力地压迫下来。

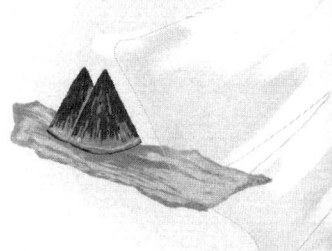

小暑 XIAO SHU 二十四节气

一碗分来百越春,
玉溪小暑却宜人。
红尘它日同回首,
能赋堂中偶坐身。

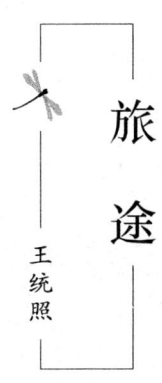

旅途

王统照

除掉几位一同由上海来的熟人之外,所有的旅客都是一样陌生的面孔。经过两天甲板上与吸烟室中的交谈后,各人的职业与远行的目的地多半都能明了。自从意大利邮船开辟了到上海的航路以来,中国向欧洲去的旅客搭较为迅速的意船比乘英法船的日见增加。这一次在同等舱中中国人便有三分之二:公费私费的学生,各省专派去调查实业教育的职员、商人,很热闹,每到晚上言笑不断,又是旅途上初遇,到遥远的地方去,自然有点亲密。

正是船抵香港的头一天,晚饭后,三三两两在闲谈着些不着边际的话。有几位是往南洋去的,一定在新加坡下船,很高兴地说："路程已经一半了，可是你们还早得很。"是的，即到新加坡还不过海程的三分之一，心里惦记着印度洋的风涛，又回念着国内的家庭，戚，友，与各种事件，任是谁难免有茫然之感！

虽然船上的饮食颇为讲究，一想，早哩！常是那样的西餐便不禁有点怅然，但我在这两天里反感到心绪渐渐宁帖。因为这次的远行曾经挫折，虽是从年前就计划着，中间因为旅费与其他问题已决定不能成行，启行前的十几日，忽有机会可以去了，便重新办理一切：护照，行装，以及说不清的个人的事务。直到上船的那一晚上为止，身体与精神没曾得过一小时的安闲。虽是陌生的面孔，虽是远旅的初试，但一想这是暂时摆脱一切，去看看另一样的社会，反而觉得十分畅快。除了吃饭洗浴之外什么事情都不忙迫，比起未上船时的情形，劳，逸，躁，静，相差到无从比较。又幸而风浪不大，躺在椅子上对着白云、沧波，什么事都不多想。

凡是旅客们大概都耐不住长时间的沉默，总欢喜彼此闲谈。灯光下各人找着谈话的对手，海阔天空地谈着种种事。当我从吸烟室穿过时，看见一个学生服装的瘦弱青年独自据了一张方桌，孤寂地坐着，不但没人同他说话，那张桌子的二面完全空着，并无一个人坐得与他靠近。在满屋高谈声中显见得他感着过度的寂寞！我便坐在他的对面，彼此招呼之后，我们便开始做第一次的谈话。

"哪里去？——南洋么？"我猜着问他。

"是，南洋，新加坡，先生往欧洲去？"

他的话不难懂，然而并不是说的官话，从语调中我想他是江苏的中部人。

"你是哪省人？……看年纪很轻，到新加坡有什么事？……"

他的微黑的脸上现出淡淡的苦笑来："先生，不错，我才十八岁，家住在江苏的江阴。"

"啊，江阴，那不是与清江对岸的地方么？"

"那是小县份。我去新加坡找我母舅——他在那边的华侨中学里教书。"

他的言谈从容，态度沉静，虽然不免有一层阴郁的暗云罩在脸上，然而无论如何，能看得出他是一个受过好教育而无一点浮夸气的青年。

"那么，你去……"

"去，是他——我母舅写信叫我去的！因为我去年夏天在县里的初中毕业，再升学，不能，闲着又怎么了。家道呢，原是种田的人家，不过自从我父亲前些年死去之后，便把田地租与他家——白己种了，吃饭还能够维持，可是我母舅来信说：年轻，在乡间尽闲着也不是事，叫我去到他那里想法学点英文，好干小事情。"

"家里还有多少人口？"我对这么诚恳的青年便不客气地详细问起来。

"一个姊姊出了嫁，现在除了我就是我的祖母与我的母亲了！"他呆望着门外夜涛的眼睛中浮动着一片泪晕。

"啊！祖母，母亲，连你才三个人，真是太清寂的生活呀！……"我对答着他，即时也记起了自己在童年时代家庭中的情形。

"唉！她年纪快七十岁了……我祖母，自从先父死去，她越显得老了，不到一年头发便全变成白色。……我母亲也有病，幸而她才四十几岁。先生，我这次出来……"

他要说下去，或者觉得是有点兀突吧，便把话停下来，一只手抚摸着桌上的咖啡色的薄绒桌衣。

"我晓得，我也是自幼小时便没了父亲的人！不容易，想来你这次出门还是第一次？"

"头一次离开我的家乡，先生……不是有我母舅在那里，我母亲是不会放心我去的。我走时费了不少的事，凑到二百元钱……"

"幸是你家中还来得及。……"我虽然这么说着，可是正在想象中绘出一幅这青年游子临行时与那两位孤苦的女人在门前泣别的图画。

"唉！现在什么都不容易换出钱来，米价又那么便宜……可是二百元到上船时便只余下不到六元了！……"

"江阴到上海路不远，做什么花费去？"我疑惑地问他。

他见我颇为关切，便把在上海时托人办护照花去一百数十元的事详细地对我说了。原来他是头一次到上海，又没有一个可靠的熟人，护照怎么办法，他毫无所知。不知如何转托人说是得往南京去办，于是那代办人的种种费用都有了：路费，衙门中的花销，吃饭，汽车……及至护照到手，这青年的学生却把由家乡带去的钱用去多半。这无疑是上海流氓的生意经之一。本来护照由上海市政府可办，何须一定往南京去；更哪里有如此高价的护照费。我听完后不禁再追问一句：

"那时你到寰球学生会去托他们办也不至如此吃亏。"

"我不知道这个会，因为我对于那么大的上海是毫无所知呀。……"他紧接着把眉头皱起，声音也低了好多，"以外便是旅馆费，买船票，做一身白色粗哗叽的学生服……好歹能够到新加坡吧。上船后……现在还剩下五元与几只角子。"

"过了香港再有两天便到了，船上不用花钱，你尽管放心！"我只得这么安慰他了。

"但是……明天一早到香港，我听沈先生说，可以发电报去，到南洋时有人接。我也记起来了，从上海走时并没给我母舅一封信——其实写信也来不及，他不知道我哪天准到，坐什么船。先生，在上海我已经是什么不懂，外国人的地方——新加坡，如果我母舅不来接我，英国字我只认得几个，广东话讲不来，而且我母舅教书的学校是在新加坡市外的芙蓉，听说还得坐两点钟的火车。……这不是困难的事！我下了船一个人不认得，一句话弄不清，又没有钱……所以我母舅不来接我，我真是一点法子也想不出来！……地址我这里有，据沈先生说，打一个电报去得合四元多的大洋，下船时又得给外国茶房几元，我愁得很，哪里想到！以为上船后便用不着什么钱了。"

"是不是要往巴达维亚去的沈先生？"

"是呀，我与他住在一个房舱里。"

沈先生是一位四十多岁的教育家，他曾在江苏与别省的中学有十几年以上的教学经验。这次也是由新加坡上岸转往荷属南洋的华侨学校任职。从他的沉静的态度与恳挚的言谈上，我便知道他是个良好的教师。在头一天我同他谈过一小时，所以这位青年学生提到他我便知道了。

"出门的人钱是一时也不能缺少的，何况你这次的出门太不容易！……好吧，我上船时还有几块现洋，本来预备在香港或有用处，这一会我下去取来送你，可以够打电报的费用。都是为客的人，能够相助的，你也不必客气了。"

"先生！"他的眼睛里泛出感动的光彩来，"谢谢你！我什么不说了……请你给我一个地址。"

他从衣袋中掏出笔记本来要我写。

"不，我到欧洲去还没有一定的住址哩。"

他又要我把家中的地址给他，我写好，他把笔记本慎重地装入袋中，接着问我往欧洲去的目的，同行的人数等等话，无论如何，他现在觉着快慰得多了。

回到舱里取了一张五元的钞票——这是我上船时除掉把钱兑换成汇票外的零余。——重到吸烟室中送与他，他诚恳地接了，只说："日后总得兑还先生！"

这时已经快十一点了，室中人渐渐散去，这位学生也回到他自己住的房间中与沈先生商量明天打电报的事。

与这位初次尝试到流浪于旅途上的青年谈过了"一夕话"之后，我在甲板上靠着船舷，静谧中引起我的回忆与想象。

谁没有一片真纯的爱子的心！何况是从幼年时失去了父亲，为了期望这孤苦的孩子长大，饮食，提抱，当然费过那不幸母亲苦痛的心血。及至十几岁以后，便不能不为这青年人的将来打算，无论怎么说，在社会制度还没达到儿童公育与废除家庭的阶段，即使是一个愚笨不过的妇人也眼巴巴地望着她的孤儿能够成立。不必希望他是什么了不起的人物，"不要下流了，好好地做人"，她才觉得对得住自己的苦心。尤其是中国的家族制下被压迫的旧妇女，假使不幸死了丈夫只余下幼小的孩子，这"寡妇孤儿"的苦况不是经历过的人怕不容易想象。也因此，受着这样磨难的母亲对于孩子比一般处境安乐的妇女便大不相同。……

这缪姓学生的家庭状况，虽然他对我只是淡淡地述说几句，恰如读到真情流露的诗歌，我是能体味其中的苦趣的。她——他的母亲，能以凑备旅费打发这十八岁的孩子单个儿向南洋跑，情愿在乡间陪伴着那残年的老婆婆过苦难的日子。想想她给他装办行李时间的滋味；想想她在初黄的柳枝下送孩子第一次远行时的泪眼！她心里藏着些什么事？期望这孩子的将来——那一点真纯的爱子心肠如何发遣？……现在呢，她大概在床上做着一个忆往的梦境吧？大概暗暗祝祷着她的孩子身子很健适，意兴很活泼地到了自己的兄弟的住处吧？

我替人设想着，同时记起我在幼年头一次出门时那一个下午的光景。

已经是二十几年前的事了，但我没曾忘过，而且每一次想起如同展开一幅色彩鲜明的绘画。自然，前若干日便有了出门的计划了，可是直到那一下午，我母亲并没与我说过几句关于出门的告语。那正是十月初旬的晴明的秋日，大院子中的日影从东边落下来，渐渐地只有不到三分之一的砖地上映着斜阳的明辉。一只花猫在门槛旁边，懒散地抬起前爪蘸着唾液洗自己的面孔。阶前的向日葵——那碗大的黄花正迎风微动。我的祖母——她是子女都已过世的老妇人了，现在只看着我与三个姊妹在我的母亲的面前——吸着长烟管，正在与我母亲说话。我在廊檐底下走了几个来回，觉得像有些心事，知道今夜须早早动身，好赶距离七十里路的火车。关于应带的行李自己不知道收拾，母亲与一个老仆妇，还有一个女孩子，从昨天便给我预备好了。有人送我到那个大城中去，走路也用不到自己费心。但我缺少什么呢？想不出来，久已希望着到外边去的志愿已经达到，然而在这临行的头一天，幼稚的心中仿佛填上了不少的沉重东西！

捱了一会，踱到屋子里，在光漆的方桌一侧站住，沉静地不说什么。她们看看我，把谈话中止了。旱烟的青圈浮在空中，进散了一个再现出一个。还是坐在椅上的母亲慢慢地先说了：

"你的行李都已交与贵林了，他从前走过很多的路，错不了。到省城去，有什么事不懂的问你大哥。……"

原来我的堂兄那时正在省城的法政专门学校读书，还有几位同族的兄弟也在各学校里。

她停了一会，看看我，又说：

"你走了，你妹妹们还请先生教着她们上学，她们……小哩！……"

以后她不再说什么了，类如自己当心呀，天气不好穿脱衣服与饮食的注意呀，我母亲在我头一次远去的时候反而一个字不提，就只是那几句慢慢说的话。

就只是那几句慢慢说的话！——对一个孤苦孩子头一次离开了自己说的话！……然而我那斑白头发的祖母已经把脸低向着雕花木格子的墙角了。……话再不能多说下去，我低头答应了一句：

"放心……我知道了！"

回忆起我比这个学生还小四五岁时自己头一次出门的况味……他更是孤单，从家乡中跑上往外国去的路，比起自己来又如何呢？

天空中星光闪闪，远送着这只轮船向天涯走去。深夜的暗涛载了许多人的希望与悒郁，随时默化于他们的心底……浮动于他们不同的幻梦之中！

第二天的下午，我在船面上的起重机边又遇到了那个缪姓的学生，他笑着说：

"沈先生上岸时把电报打了，还是他给我写的英文电报稿，没用到五元大洋。"

"这你可以放心了。"我也微笑着。

又过了两天，船抵新加坡时，我遇到他站在头等舱的客厅门外候着查验护照，交人头税，我被同行友人催促着便先上了岸。

以后在这只船上便没有了这个青年与那位中年教师的影子。

又过了七八个月，我在伦敦接着一张附于家函里的信笺，上面写着：

××先生大鉴：迳启者，前由舍亲缪某在旅次向阁下借银洋五元，今特交邮汇奉，至希查收为荷，并致谢意！
　　专此即颂大安。

徐某顿

　　这信笺证明那个学生是安然地在他母舅那里了，我很高兴，希望再有一次能够遇到他！

扬州的夏日

朱自清

扬州从隋炀帝以来，是诗人文士所称道的地方；称道的多了，称道得久了，一般人便也随声附和起来。直到现在，你若向人提起扬州这个名字，他会点头或摇头说："好地方！好地方！"特别是没去过扬州而念过些唐诗的人，在他心里，扬州真像蜃楼海市一般美丽；他若念过《扬州画舫录》一类书，那更了不得。但在一个久住扬州像我的人，他却没有那么多美丽的幻想，他的憎恶也许掩住了他的爱好；他也许离开了三四年并不去想它。若是想呢——你说他想什么？女人；不错，这似乎也有名，但怕不是现在的女人吧？——他也只会想着扬州的夏日，虽然与女人仍然不无关系的。

北方和南方一个大不同，在我看，就是北方无水而南方有。诚然，北方今年大雨，永定河、大清河甚至决了堤防，但这并不能算是有水；北平的三海和颐和园虽然有点儿水，但太平衍了，一览而尽，船又那么笨头笨脑的。有水的仍然是南方。扬州的夏日，好处大半便在水上——有人称为"瘦西湖"，这个名字真是太"瘦"了，假西湖之名以行，"雅得这样俗"，老实说，我是不喜欢的。下船的地方便是护城河，曼衍开去，曲曲折折，直到平山堂——这是你们熟悉的名字——有七八里河道，还有许多权权桠桠的支流。这条河其实也没有顶大的好处，只是曲折而有些幽静，和别处不同。

沿河最著名的风景是小金山，法海寺，五亭桥；最远的便是平山堂了。金山你们是知道的，小金山却在水中央。在那里望水最好，看月自然也不错——可是我不曾有过那样福气。"下河"的人十之九是到这儿的，人不免太多些。法海寺有一个塔，和北海的一样，据说是乾隆皇帝下江南，盐商们连夜督促匠人造成的。法海寺著名的自然是这个塔；但还有一桩，你们猜不着，是红烧猪头。夏天吃红烧猪头，在理论上也许不甚相宜；可是在实际上，挥汗吃着，倒也不坏的。五亭桥如名字所示，是五个亭子的桥。桥是拱形，中一亭最高，两边四亭，参差相称；最宜远看，或看影子，也好。桥洞颇多，乘小船穿来穿去，另有风味。平山堂在蜀冈上。登堂可见江南诸山淡淡的轮廓；

"山色有无中"一句话，我看是恰到好处，并不算错。这里游人较少，闲坐在堂上，可以永日，沿路光景，也以闲寂胜。从天宁门或北门下船，蜿蜒的城墙，在水里倒映着苍黝的影子，小船悠然地撑过去，岸上的喧扰像没有似的。

　　船有三种：大船专供宴游之用，可以挟妓或打牌。小时候常跟了父亲去，在船里听着谋得利洋行的唱片。现在这样乘船的大概少了吧？其次是"小划子"，真像一瓣西瓜，由一个男人或女人用竹篙撑着。乘的人多了，便可雇两只，前后用小凳子跨着：这也可算得"方舟"了。后来又有一种"洋划"，比大船小，比"小划子"大，上支布篷，可以遮日遮雨。"洋划"渐渐地多，大船渐渐地少，然而"小划子"总是有人要的。这不独因为价钱最贱，也因为它的伶俐。一个人坐在船中，让一个人站在船尾上用竹篙一下一下地撑着，简直是一首唐诗，或一幅山水画。而有些好事的少年，愿意自己撑船，也非"小划子"不行。"小划子"虽然便宜，却也有些分别。譬如说，你们也可想到的，女人撑船总要贵些；姑娘撑的自然更要贵啰。这些撑船的女子，便是有人说过的"瘦西湖上的船娘"。船娘们的故事大概不少，但我不很知道。据说以乱头粗服，风趣天然为胜；中年而有风趣，也仍然算好。可是起初原是逢场作戏，或尚不伤廉惠；以后居然有了价格，便觉意味索然了。

　　北门外一带，叫作下街，"茶馆"最多，往往一面临河。船行过时，茶客与乘客可以随便招呼说话。船上人若高兴时，也可以向茶馆中要一壶茶，或一两种"小笼点心"，在河中喝着，吃着，谈着。回来时再将茶壶和所谓小笼，连价款一并交给茶馆中人。撑船的都与茶馆相熟，他们不怕你白吃。扬州的小笼点心实在不错：我离开扬州，也走过七八处大大小小的地方，还没有吃过那样好的点心；这其实是值得惦记的。茶馆的地方大致总好，名字也颇有好的。如香影廊，绿杨村，红叶山庄，都是到现在还记得的。绿杨村的幌子，挂在绿杨树上，随风飘展，使人想起"绿杨城郭是扬州"的名句。里面还有小池，丛竹，茅亭，景物最幽。这一带的茶馆布置都历落有致，迥非上海、北平方方正正的茶楼可比。

"下河"总是下午。傍晚回来，在暮霭朦胧中上了岸，将大褂折好搭在腕上，一手微微摇着扇子；这样进了北门或天宁门走回家中。这时候可以念"又得浮生半日闲"那一句诗了。

听潮①

鲁彦

一年夏天,我和妻坐着海轮,到了一个有名的岛上。

这里是佛国,全岛周围三十里内,除了七八家店铺以外,全是寺院。岛上没有旅店,每一个寺院都特设了许多房间给香客住宿。而到这里来的所谓香客,有很多是游览观光的,不全是真正烧香拜佛的香客。

我们就在一个比较幽静的寺院里选了一间房住焉——这是一间靠海湾的楼房,位置已经相当地好,还有一个露台突出在海上,早晚可以领略海景,尽够欣幸了。

每天潮来的时候,听见海浪冲击岩石的音响,看见空际细雨似的,朝雾似的,暮烟似的飞沫升落;有时它带着腥气,带

---

① 本文所选内容略有删改。

着咸味，一直冲进我们的窗棂，黏在我们的身上，润湿着房中的一切。

"现在这海就完全属于我们的了！"当天晚上，我们靠着露台的栏杆，赏鉴海景的时候，妻欢心地呼喊着说。

大海上一片静寂。在我们的脚下，波浪轻轻吻着岩石，像朦胧欲睡似的。在平静的深黯的海面上，月光辟开了一款狭长的明亮的云汀，闪闪地颤动着，银鳞一般。远处灯塔上的红光镶在黑暗的空间，像是一颗红玉。它和那海面的银光在我们面前揭开了海的神秘——那不是狂暴的不测的可怕的神秘，而是幽静的和平的愉悦的神秘。我们的脚下仿佛轻松起来，平静地，宽廓地，带着欣幸与希望，走上了那银光的路，朝向红玉的琼台走了去。

这时候，妻心中的喜悦正和我一样，我俩一句话都没有说。

海在我们脚下沉吟着，诗人一般。那声音仿佛是朦胧的月光和玫瑰的晨雾那样温柔；又像是情人的蜜语那样芳醇；低低地，轻轻地，像微风拂过琴弦；像落花漂在水上。

海睡熟了。

大小的岛拥抱着，偎依着，也静静地恍惚入了梦乡。

许久许久，我俩也像入睡了似的，停止了一切的思念和情绪。

不晓得过了多少时候，远寺的钟声突然惊醒了海的酣梦，它恼怒似的激起波浪的兴奋，渐渐向我们脚下的岩石掀过来，发出汩汩的声音,像是谁在海底吐着气,海面的银光跟着晃动起来,银龙样的。接着我们脚下的岩石上就像铃子、铙钹、钟鼓在奏鸣着,而且声音愈响愈大起来。

没有风。海自己醒了,喘着气,转侧着,打着呵欠,伸着懒腰,抹着眼睛。因为岛屿挡住了它的转动,它狠狠地用脚踢着,用手推着,用牙咬着。它一刻比一刻兴奋,一刻比一刻用劲。岩石也仿佛渐渐战栗,发出抵抗的嗥叫,击碎了海的鳞甲,片片飞散。

海终于愤怒了。它咆哮着,猛烈地冲向岸边袭击过来,冲进了岩石的罅隙里,又拨剌着岩石的壁垒。

音响就越大了。战鼓声,金锣声,呐喊声,叫号声,啼哭声,马蹄声,车轮声,机翼声,掺杂在一起,像千军万马混战了起来。

银光消失了。海水疯狂地汹涌着,吞没了远近大小的岛屿。它从我们的脚下扑了过来,响雷般地怒吼着,一阵阵地将满含着血腥的浪花泼溅在我们的身上。

"彦,这里会塌了!"妻战栗起来叫着说,"我怕!"

"怕什么。这是伟大的乐章!海的美就在这里。"我说。

退潮的时候,我扶着她走近窗边,指着海说:"一来一去,来的时候凶猛;去的时候又多么平静呵!一样的美。"

然而她怀疑我的话,她总觉得那是使她恐惧的。但为了我,她仍愿意陪着我住在这个危楼。

　　我喜欢海，溺爱着海，尤其是潮来的时候。因此即使是伴妻一道默坐在房里，从闭着的窗户内听着外面隐约的海潮音，也觉得满意，算是尽够欣幸了。

救火夫

梁遇春

三年前一个夏天的晚上,我正坐在院子里乘凉,忽然听到接连不断的警钟声音,跟着响三下警炮,我们都知道城里什么地方的屋子又着火了。我的父亲跑到街上去打听,我也奔出去瞧热闹。远远来了一阵嘈杂的呼喊,不久就有四五个赤膊工人个个手里提一只灯笼,拼命喊道,"救","救",从我们面前飞也似的过去,后面有六七个工人拖一辆很大的铁水龙同样快地跑着,当然也是赤膊的。他们只在腰间系一条短裤,此外棕黑色的皮肤下面处处有蓝色的浮筋跳动着,他们小腿的肉的颤动和灯笼里闪烁欲灭的烛光有一种极相协的和谐,他们的足掌打起无数的尘土,可是他们越跑越带劲,好像他们每回举步时,从脚下的"地"都得到一些新力量。水龙隆隆的声音杂着他们尽情的呐喊,他们在满面汗珠之下现出同情和快乐的脸色。那一架庞大的铁水龙我从前在救火会曾经看见过,总以为最少也要十七八个人用两根杠子才抬得走,万想不到六七个人居然能够牵着它飞奔。他们只顾到口里喊"救",那么不在乎地拖着这笨重的家伙望前直奔,他们的脚步和水龙的轮子那么一致飞动,真好像铁面无情的水龙也被他们的狂热所传染,自己用力跟着跑了。一霎眼他们都过去了,一会儿只剩些隐约的喊声。我的心却充满了惊异,愁闷的心境顿然化为晴朗,真可说拨云雾而见天日了。那时的情景就不灭地印在我的心中。

从那时起,我这三年来老抱一种自己知道绝不会实现的宏愿,我想当一个救火夫。他们真是世上最快乐的人们,当他们心中只惦着赶快去救人这个念头,其他万虑皆空,一面善用他们活泼泼的躯干,跑过十里长街,像救自己的妻子一样去救素来不识面的人们,他们的生命是多么有目的,多么矫健生姿。我相信生命是一块顽铁,除非在同情的熔炉里烧得通红的,用人间世的灾难做锤子来使它迸出火花来,它总是那么冷冰冰,死沉沉的,惘怅地徘徊于人生路上的我们天天都是在极剧烈的麻木里过去——一种甚至于不能得自己同情的苦痛。可是我们的迟疑不前成了天性,几乎将我们活动的能力一笔勾销,我们的惯性把我们弄成残废的人们了。不敢上人生的舞场和同伴们狂欢地跳舞，却躲在帘子后面呜咽，这正是我们这般弱者的态度。在席卷一切的大火中奔走，在快陷下的屋梁上攀缘，不顾死生，争为先登的救火夫们安得不打动我们的心弦。他们具有坚定不拔的目的，他们一心一意想营救难中的人们，凡是难中人们的命运他们都视如自己的亲切的感到，他们尝到无数人心中的哀乐，那般人们的生命同他们的生命息息相关，他们忘记了自己，将一切火热里的人们都算作他们自己，凡是带有人的脸孔全可以算作他们自己，这样子他们生活的内容丰富到极点，又非常澄净清明，他们才是真真活着的人们。

他们无条件地同一切人们联合起来，为着人类，向残酷的自然反抗。这虽然是个个人应当做的事，并没有什么了不得，然而一看到普通人们那样子任自然力蹂躏同类，甚至于认贼作父，利用自然力来残杀人类，我们就不能不觉得那是一种义举了。他们以微小之躯，为着爱的力量的缘故，胆敢和自然中最可畏的东西肉搏，站在最前面的战线，这时候我们看见宇宙里最悲壮雄伟的戏剧在我们面前开演了：人和自然的斗争，也就是希腊史诗所歌咏的人神之争（因为在希腊神话里，神都是自然的化身）。我每次走过上海静安寺路救火会门口，看见门上刻有 We Fight Fire 三字，我总觉得凛然起敬。我爱狂风暴浪中把着舵神色不变的舟子，我对于始终住在霍乱流行极盛的城里，履行他的职务的约翰·勃朗医生（Dr.John Brown）怀一种虔敬的心情（虽然他那和蔼可亲的散文使我觉得他是个脾气最好的人），然而专以杀微弱的人类为务的英雄却勾不起我丝毫的欣羡，有时简直还有些鄙视。发现细菌的巴斯德（Pasteur），发明矿中安全灯的某一位科学家（他的名字我不幸忘记了），以及许多为人类服务的人们，像林肯、威尔逊之流，他们现在天天受我们的讴歌，实际上他们和救火夫具有同样的精神，也可说救火夫和他们是同样地伟大，最少在动机方面是一样的。然而我却很少听到人们赞美救火夫，可是救火夫并不是一眼瞧着受难的人类，一眼顾到自己身前身后的那般伟人，所以他们虽然没有人们献上甜蜜蜜的媚辞，却很泰然地干他们冒火打救的伟业，这也正是他们的胜过大人物们的地方。

有一位愤世的朋友每次听到我赞美救火夫时，总是怒气汹汹地说道，这个糊涂的世界早就该烧个干干净净，山穷水尽，现在偶然天公做美，放下一些火来，再用些风来助火势，想在这片龌龊的地上锄出一小块洁白的土来。偏有那不知趣的、好事的救火夫焦头烂额地来浇下冷水，这真未免于太煞风景了。而且人们的悲哀已经是达到饱和度了，烧了屋子和救了屋子对于人们实在并没有多大关系，这是指那般有知觉的人而说。至于那般天赋与铜心铁肝，毫不知苦痛是何滋味的人们，他们既然麻木了，多烧几间房子又何妨呢！总之，天下本无事，庸人自扰之，足下的歌功颂德更是庸人之尤所干的事情了。这真是

"人生一世浪自苦，盛衰桃杏开落闲"。我这位朋友是最富于同情心的人，但是顶喜欢说冷酷的话，这里面恐怕要用些心理分析的功夫罢！然而，不管我们对于各个的人有多少的厌恶，人类全体合起来总是我们爱恋的对象，这是当代一位没有忘却现实的哲学家 George Santayana 讲的话。这话是极有道理的，人们受了遗传和环境的影响，染上了许多坏习气，所以各个人都具些讨厌的性质，但是当我们抽象地想到人类时，我们忘记了各人特有的弱点，只注目在人们真美善的地方，想用最完美的法子使人性向着健全壮丽的方面发展，于是彩虹般的好梦现在当前，我们怎能不爱人类哩！英国十九世纪末叶诗人 Frederich Locekr-Lampson 在他的《自传》(*My Confidences*) 说道："一个思想灵活的人最善于发现他身边的人们的潜伏的良好气质，他是更容易感到满足的，想象力不发达的人们是最快就觉得旁人的可厌，的确是最喜欢埋怨他们朋友的知识上同别方面的短处。"总之，当救火夫在烟雾里冲锋突围的时候，他们只晓得天下有应当受他们的援救的人类，绝没有想到着火的屋里住有个杀千刀、杀万刀的该死狗才。天下最大的快乐无过于无顾忌地尽量使用己身隐藏的力量，这个意思亚里士多德在二千年前已经娓娓长谈过了。救火夫一时激于舍身救人的意气，举重若轻地拖着水龙疾驰，履险若夷地攀登危楼，他们忘记了困难危险，因此危险困难就失丢了它们一大半的力量，也不能同他们捣乱了。他们慈爱的精神同活泼的肉体真得到尽量的发展，他们奔走于惨淡的大街时，他们脚下踏的是天堂的乐土，难怪他们能够越跑越有力，能够使旁观的我得到一副清心剂。就说他们所救的人们是不值得救的，他们这派的气概总是可敬佩的。天下有无数女人捧着极纯净的爱情，送给极卑鄙的男子，可是那雪白的热情不会沾了尘污，永远是我们所欣羡不置的。

　　救火夫不单是从他们这神圣的工作得到无限的快乐，他们从同拖水龙，同提灯笼的伴侣又获到强度的喜悦。他们那时把肯牺牲自己，去营救别人的人们都认为比兄弟还要亲密的同志。不管村俏老少，无论贤愚智不肖，凡是努力于扑灭烈火的人们，他们都看作生平的知己，因为是他们最得意事的伙计们。他们有时在火场上初次相见，就可以相视而笑，莫逆于心，"乐莫乐兮新相知"，他们的生活是多有趣呀！个个人雪亮的心儿在这一场野火里互相认识，这是多么值得干的事情。怯懦无能的我在高楼上玩物丧志地读着无谓的书的时候，偶然听到警钟，望见远处一片漫天的火光，我是多么神往于随着火舌狂跳的壮士，回看自己枯瘦的影子，我是多么心痛，痛惜我虚度了青春同壮年。

　　但是若使我们睁开眼睛，举目四望，我们将看到世界上——最少中国里面——无处无时不是有火灾，我们在街上碰到的人十分之九是住在着火的屋子的人们。被军队拉去运东西的夫役；在工厂里从清早劳动到晚上的童工；许多失业者，为要按下饥肠，就拿刀子去抢劫，最后在天桥上一命呜呼的匪犯；或者所谓无笔可投而从戎，在寒风里抖战着，自己不知道什么时候会变作旷野里的尸首的兵士；此外踯躅街头，忍受人们的侮辱，拿着洁净的肉体去换钱的可尊敬的女性：娼妓；码头上背上负了几百斤的东西（那里面都是他们的同胞的日用必需奢侈品），咬定牙根，迈步向前的脚夫；机器间里，被煤气熏得吐不出气，天天显明地看自己向死的路上走去，但是为着担心失业的苦痛，又不敢改业，宁可被这一架机器磨折死的工人；瘦骨不盈一把，拖着身体强壮，不高兴走路的大人的十三四岁的车夫，报上天天记载的那类"两个铜片，牺牲了一条生命"，这类闲人认为好玩事情的凄惨背景，黄浦滩头，从容就义的无数为生计所迫而自杀的人们的绝命书……总之，他们都是无时无刻不在烈火里活着，对于他们地球真是一个大炮烙柱子，他们个个都正晕倒在烟雾中，等着火舌来把他们烧成焦骨。可是我们却见死不救，还望青天歌咏我们从来没有见过的夜莺。若使我的朋友的房子着火了，我们一定去帮忙，做下当然的救火夫，现在全地面到处都是熊熊的火焰，我们都觉得闲暇得打出数不尽的呵欠来，可见天下人都是明可察秋毫，而不能见泰山，否则世界也不至于糟糕得如是之甚了。

我们都是上帝所派定的救火夫，因为凡是生到人世来都具有救人的责任，我们现在时时刻刻听着不断的警钟，有时还看见人们呐喊着往前奔,然而我们有的正忙于挣钱积钱,想做面团团,心硬硬,人蠢蠢的富家翁,有的正阴谋权位,有的正搂着女人欢娱,有的正缘着河岸,自命清高地在那儿伤春悲秋,这些都是失职的救火夫。有些神经灵敏的人听到警钟,也都还觉得难过,可是又顾惜着自己的皮肤,只好拿些棉花塞在耳里,闭起门来,过象牙塔里的生活。若使我们城里的救火夫这样懒惰,拿公事来做儿戏,那么我们会多么愤激地辱骂他们,可是我们这个大规模的失职却几乎变成当然的事情了,天下事总是如是莫测其高深的,宇宙总是这么颠倒地安排着,难怪有人喊起"打倒这糊涂世界"的口号。

有些人的确是去救火了,但是他们只抬一架小水龙,站在远处,射出微弱的水线。他们总算是到场,也可以欺人自欺地说已尽职了,但是若使天下的救火夫都这么文绉绉地、无精打采地做他们的工作,那么恐怕世界的火灾永不会扑灭,一代一代的人们永远是湮没在这火坑里,人类始终没有抬头的日子了。真真的救火夫应当冲到火焰里,爬上壁立的绳梯,打破窗户进去,差不多是拿自己的命来换别人的生命,一面踏着危梁,牵着屋角,勇敢地拆散将着火的屋子,甚至就是自己被压死也是无妨。要这样子才能济事。救火的场中并不是卖弄斯文的地点,在那里所宝贵的是胆量和筋肉,微温的同情是用不着的,好意的了解是不感谢的,果然真是热肠的男儿,那么就来拖着水龙,往火旺处冲进去罢。个个救火夫都该抱个我不先入地狱,谁入地狱的精神,相信有一人不得救,我即不能升天的道理,那么深夜里,狂风怨号,火光照人须眉的时候,正是他们献身的时节。袖手拿出隔江观火的态度是最卑污不过的弱者。

有人说,人生乐事正多,野外有恬静清幽,含有无限奥妙的自然,值得我们欣赏,城市里有千奇百怪,趣味无穷的世态,可以供我们玩味,我们在世之日无多,匆匆地就结束了,何不把这些须绝难再得的时光用来享乐自己呢?他们以为我们该做个世态的旁观者,冷笑地在旁看人生这套杂剧不断地排演着,在一旁喝些汽水,抽着纸烟闲谈。不错,世界是个大舞台,人生也的确是一出很妙的杂剧,但是不幸得很,我们不能离开这世界,我们是始终滞在舞台上面的,这出剧的观众是上帝,是神们,或者魔鬼们,绝不是我们自己。站在戏台上不扮个角色,老是这般痴痴地望着,也未免难为情吧!并且我们的一举一动总不能脱离人生,我们虽然自命为旁观者,我们还是时时刻刻都在这里面打滚,人间世的喜怒哀乐还是跟我们寸步不离,那么故意装作超然的旁观态度,真是个十足的虚伪者。我们除开死之外,永远没有法子能离开人生,站在一旁,又何苦弄出这一大串自欺欺人的话呢!并且有许多最俗不过的人们,为着要避免世上种种有损于己的责任,为着要更专心地去追求一己的名利,就拿出世态旁观者这副招牌,挡住了一切于己无益的义务，暗地里干他们自己的事情，这种人是卑鄙得不配污我的笔墨，用不着谈的。现在全世界处处都有火灾，整座舞台都着火了，我们还有闲情去与自然同化，讥讽人生吗？救火夫听到警钟不去拖水龙，却坐在家里钓鱼，跟老婆话家常，这种人恐怕是绝顶聪明的人罢？然而这正是前面所说的及时行乐的人们。当我们提着灯笼，奔过大路的时候，路旁的美丽姑娘同临风招展的花草是无心观看的，虽然她们本身是极值得赞美的。至于只知道哼着颠三倒四的文句，歌颂那大家都无缘识面的夜莺的中国新文人，我除开希望北平的刮风把他们吹到月球上面去以外，没有第二个意思。

　　当我们住的屋子烧着的时候，常有穷人们来乘火打劫，这样幸灾乐祸的办法真是可恨极了。然而我们一想许多人天天在火坑里过活，他们不能得到他们应得的报酬，我们坐着说风凉话的先生们却拿着他们所应得的东西来过舒服的生活；他们饿死了，那全因为我们可以多吃一次燕窝，使我们肚子涨得难受，可以多喝一杯白兰地，使我们的头更痛得利害，于斯而已矣。所以睁大眼睛看起来，我们天天都是靠着趁火打劫过活，这真是大盗不动干戈。我们趁火打劫来的东西有时偶然被人们趁火打劫去，我们就不胜其愤慨，说要按法严办，这的确太缺乏诙谐的风趣了。应当做救火夫的我们偏要干趁火打劫的勾当，人性已朽烂到这样地步，我想彗星和地球接吻的时候真该到了。

囚绿记

陆 蠡

这是去年夏间的事情。

我住在北平的一家公寓里,我占据着高广不过一丈的小房间,砖铺的潮湿的地面,纸糊的墙壁和天花板,两扇木格子嵌玻璃的窗,窗上有很灵巧的纸卷帘,这在南方是少见的。

窗是朝东的。北方的夏季天亮得快,早晨五点钟左右太阳便照进我的小屋,把可畏的光线射个满室,直到十一点半才退出,令人感到炎热。这公寓里还有几间空房子,我原有选择的自由的,但我终于选定了这朝东房间,我怀着喜悦而满足的心情占有它,那是因为有一个小小理由。

这房间靠南的墙壁上,有一个小圆窗,直径一尺左右。窗是圆的,却嵌着一块六角形的玻璃,并且左下角是打碎了,留下一个大孔隙,手可以随意伸进伸出。圆窗外面长着常春藤。当太阳照过它繁密的枝叶,透到我房里来的时候,便有一片绿影,我便是欢喜这片绿影才选定这房间的。当公寓里的伙计替我提了随身小提箱,领我到这房间来的时候,我瞥见这绿影,感觉到一种喜悦,便毫不犹疑地决定了下来,这样了截爽直使公寓里的伙计都惊奇了。

绿色是多宝贵的啊!它是生命,它是希望,它是慰安,它是快乐。我怀念着绿色把我的心等焦了。我欢喜看水白,我欢喜看草绿。我疲累于灰暗的都市的天空和黄漠的平原,我怀念着绿色,如同涸辙的鱼盼等着雨水!我急不暇择的心情即使一枝之绿也视同至宝。当我在这小房中安顿下来,我移徙小台子到圆窗下,让我面朝墙壁和小窗。门虽是常开着,可没人来打扰我,因为在这古城中我是孤独而陌生。但我并不感到孤独。我忘记了困倦的旅程和已往的许多不快的记忆。我望着这小圆洞,绿叶和我对语。我了解自然无声的语言,正如它了解我的语言一样。

我快活地坐在我的窗前,度过了一个月,两个月,我留恋于这片绿色。我开始了解度越沙漠者望见绿洲的欢喜,我开始了解航海的冒险家望见海面漂来花草的茎叶的欢喜。人是在自然中生长的,绿是自然的颜色。

我天天望着窗口常春藤的生长。看它怎样伸开柔软的卷须，攀住一根缘引它的绳索，或一茎枯枝；看它怎样舒开折叠着的嫩叶，渐渐变青，渐渐变老。我细细观赏它纤细的脉络，嫩芽，我以揠苗助长的心情，巴不得它长得快，长得茂绿。下雨的时候，我爱它淅沥的声音，婆娑的摆舞。

忽然有一种自私的念头触动了我。我从破碎的窗口伸出手去，把两枝浆液丰富的柔条牵进我的屋子里来，叫它伸长到我的书案上，让绿色和我更接近，更亲密。我拿绿色来装饰我这简陋的房间，装饰我过于抑郁的心情。我要借绿色来比喻葱茏的爱和幸福，我要借绿色来比喻猗郁的年华。我囚住这绿色如同幽囚一只小鸟，要它为我做无声的歌唱。

绿的枝条悬垂在我的案前了。它依旧伸长，依旧攀缘，依旧舒放，并且比在外边长得更快。我好像发现了一种"生的欢喜"，超过了任何种的喜悦。从前我有个时候，住在乡间的一所草屋里，地面是新铺的泥土，未除净的草根在我的床下茁出嫩绿的芽苗，蕈菌在地角上生长，我不忍加以剪除。后来一个友人一边说一边笑，替我拨去这些野草，我心里还以为可惜，倒怪他多事似的。

可是每天早晨，我起来观看这被幽囚的"绿友"时，它的尖端总朝着窗外的方向。甚至于一枚细叶，一茎卷须，都朝原来的方向。植物是多固执啊！它不了解我对它的爱抚，我对它的善意。我为了这永远向着阳光生长的植物不快,因为它损害了我的自尊心。可是我囚系住它,仍旧让柔弱的枝叶垂在我的案前。

它渐渐失去了青苍的颜色,变得柔绿,变成嫩黄;枝条变成细瘦,变成娇弱,好像病了的孩子。我渐渐不能原谅我自己的过失,把天空底下的植物移锁到暗黑的室内;我渐渐为这病损的枝叶可怜,虽则我恼怒它的固执,无亲热,我仍旧不放走它。魔念在我心中生长了。

我原是打算七月尾就回南去的。我计算着我的归期,计算着这"绿囚"出牢的日子。在我离开的时候,便是它恢复自由的时候。

卢沟桥事件发生了。担心我的朋友电催我赶速南归。我不得不变更我的计划;在七月中旬,不能再留连于烽烟四逼中的旧都,火车已经断了数天,我每日须得留心开车的消息。终于在一天早晨候到了。临行时我珍重地开释了这永不屈服于黑暗的囚人。我把瘦黄的枝叶放在原来的位置上,向它致诚意的祝福,愿它繁茂苍绿。

离开北平一年了。我怀念着我的圆窗和绿友。有一天,得重和它们见面的时候,会和我面生么?

桨声灯影里的秦淮河

朱自清

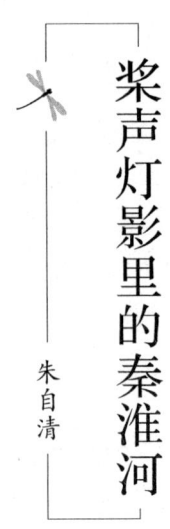

一九二三年八月的一晚,我和平伯同游秦淮河;平伯是初泛,我是重来了。我们雇了一只"七板子",在夕阳已去,皎月方来的时候,便下了船。于是桨声汩——汩,我们开始领略那晃荡着蔷薇色的历史的秦淮河的滋味了。

秦淮河里的船,比北京万生园、颐和园的船好,比西湖的船好,比扬州瘦西湖的船也好。这几处的船不是觉着笨,就是觉着简陋、局促;都不能引起乘客们的情韵,如秦淮河的船一样。秦淮河的船约略可分为两种:一是大船;一是小船,就是所谓"七板子"。大船舱口阔大，可容二三十人。里面陈设着字画和光洁的红木家具，桌上一律嵌着冰凉的大理石面。窗格雕镂颇细，使人起柔腻之感。窗格里映着红色蓝色的玻璃；玻璃上有精致的花纹，也颇悦人目。"七板子"规模虽不及大船，但那淡蓝色的栏杆、空敞的舱，也足系人情思。而最出色处却在它的舱前。舱前是甲板上的一部。上面有弧形的顶，两边用疏疏的栏杆支着。里面通常放着两张藤的躺椅。躺下，可以谈天，可以望远，可以顾盼两岸的河房。大船上也有这个，便在小船上更觉清隽罢了。舱前的顶下，一律悬着灯彩；灯的多少、明暗，彩苏的精粗、艳晦，是不一的，但好歹总还你一个灯彩。这灯彩实在是最能勾人的东西。夜幕垂垂地下来时，大小船上都点起灯火。从两重玻璃里映出那辐射着的黄黄的散光，反晕出一片朦胧的烟霭；透过这烟霭，在黯黯的水波里，又逗起缕缕的明漪。在这薄霭和微漪里，听着那悠然的间歇的桨声，谁能不被引入他的美梦去呢？只愁梦太多了，这些大小船儿如何载得起呀？我们这时模模糊糊地谈着明末秦淮河的艳迹，如《桃花扇》及《板桥杂记》里所载的。我们真神往了。我们仿佛亲见那时华灯映水、画舫凌波的光景了。于是我们的船便成了历史的重载了。我们终于恍然秦淮河的船所以雅丽过于他处，而又有奇异的吸引力的，实在是许多历史的影像使然了。

秦淮河的水是碧阴阴的；看起来厚而不腻，或者是六朝金粉所凝么？我们初上船的时候，天色还未断黑，那漾漾的柔波是这样地恬静、委婉，使我们一面有水阔天空之想，一面又憧憬着纸醉金迷之境了。等到灯火明时，阴阴的变为沉沉了：黯淡的水光，像梦一般；那偶然闪烁着的光芒，就是梦的眼睛了。我们坐在舱前，因了那隆起的顶棚，仿佛总是昂着首向前走着似的；于是飘飘然如御风而行的我们，看着那些自在的湾泊着的船，船里走马灯般的人物，便像是下界一般，迢迢地远了，又像在雾里看花，尽朦朦胧胧的。这时我们已过了利涉桥，望见东关头了。沿路听见断续的歌声：有从沿河的妓楼飘来的，有从河上船里度来的。我们明知那些歌声，只是些因袭的言词，从生涩的歌喉里机械地发出来的；但它们经了夏夜的微风的吹漾和水波的摇拂，袅娜着到我们耳边的时候，已经不单是她们的歌声，而是混着微风和河水的密语了。于是我们不得不被牵惹着，震撼着，相与浮沉于这歌声里了。从东关头转弯，不久就到大中桥。大中桥共有三个桥拱，都很阔大，俨然是三座门儿；使我们觉得我们的船和船里的我们，在桥下过去时，真是太无颜色了。桥砖是深褐色，表明它的历史的长久；但都完好无缺，令人太息于古昔工程的坚美。桥上两旁都是木壁的房子，中间应该有街路？这些房子都破旧了，多年烟熏的痕迹，遮没了当年的美丽。我想象秦淮河的极盛时，在这样宏阔的桥上，特地盖了房子，必然是髹漆得富富丽丽的；晚间必然是灯火通明的。现在却只剩下一片黑沉沉！但是桥上造着房子，毕竟使我们多少可以想见往日的繁华；这也慰情聊胜无了。过了大中桥，便到了灯月交辉、笙歌彻夜的秦淮河；这才是秦淮河的真面目哩。

　　大中桥外，顿然空阔，和桥内两岸排着密密的人家的大异了。一眼望去，疏疏的林，淡淡的月，衬着蓝蔚的天，颇像荒江野渡光景；那边呢，郁丛丛的，阴森森的，又似乎藏着无边的黑暗：令人几乎不信那是繁华的秦淮河了。但是河中眩晕着的灯光，纵横着的画舫，悠扬着的笛韵，夹着那吱吱的胡琴声，终于使我们认识绿如茵陈酒的秦淮水了。此地天裸露着的多些，故觉夜来得独迟些；从清清的水影里，我们感到的只是薄薄的夜——这正是秦淮河的夜。大中桥外，本来还有一座复成桥，是船夫口中的我们的游踪尽处，或也是秦淮河繁华的尽处了。我的脚曾踏过复成桥的脊，在十三四岁的时候。但是两次游秦淮河，却都不曾见着复成桥的面；明知总在前途的，却常觉得有些虚无缥缈似的。我想，不见倒也好。这时正是盛夏。我们下船后，借着新生的晚凉和河上的微风，暑气已渐渐消散；到了此地，豁然开朗，身子顿然轻了——习习的清风荏苒在面上、手上、衣上，这便又感到了一缕新凉了。南京的日光，大概没有杭州猛烈；西湖的夏夜老是热蓬蓬的，水像沸着一般，秦淮河的水却尽是这样冷冷地绿着。任你人影的憧憧，歌声的扰扰，总像隔着一层薄薄的绿纱面幂似的；它尽是这样静静地、冷冷地绿着。我们出了大中桥，走不上半里路，船夫便将船划到一旁，停了桨由它宕着。他以为那里正是繁华的极点，再过去就是荒凉了；所以让我们多多赏鉴一会儿。他自己却静静地蹲着。他是看惯这光景的了，大约只是一个无可无不可。这无可无不可，无论是升的沉的，总之，都比我们高了。

那时河里热闹极了；船大半泊着，小半在水上穿梭似的来往。停泊着的都在近市的那一边，我们的船自然也夹在其中。因为这边略略地挤，便觉得那边十分地疏了。在每一只船从那边过去时，我们能画出它的轻轻的影和曲曲的波，在我们的心上；这显着是空，且显着是静了。那时处处都是歌声和凄厉的胡琴声，圆润的喉咙，确乎是很少的。但那生涩的、尖脆的调子，能使人有少年的、粗率不拘的感觉，也正可快我们的意。况且多少隔开些儿听着，因为想象与渴慕的作美，总觉更有滋味；而竞发的喧嚣，抑扬的不齐，远近的杂沓，和乐器的嘈嘈切切，合成另一意味的谐音，也使我们无所适从，如随着大风而走。这实在因为我们的心枯涩久了，变为脆弱；故偶然润泽一下，便疯狂似的不能自主了。但秦淮河确也腻人。即如船里的人面，无论是和我们一堆儿泊着的，无论是从我们眼前过去的，总是模模糊糊的，甚至渺渺茫茫的；任你张圆了眼睛，揩净了眦垢，也是枉然。这真够人想呢。在我们停泊的地方，灯光原是纷然的；不过这些灯光都是黄而有晕的。黄已经不能明了，再加上了晕，便更不成了。灯愈多，晕就愈甚；在繁星般的黄的交错里，秦淮河仿佛笼上了一团光雾。光芒与雾气腾腾地晕着，什么都只剩了轮廓了；所以人面的详细的曲线，便消失于我们的眼底了。但灯光究竟夺不了那边的月色；灯光是浑的，月色是清的，在混沌的灯光里，渗入了一派清辉，却真是奇迹！那晚月儿已瘦削了两三分。她晚妆才罢，盈盈地上了柳梢头。天是蓝得可爱，仿佛一汪水似的；月儿便更出落得精神了。岸上原有三株两株的垂杨树，淡淡的影子，在水里摇曳着。它们那柔细的枝条浴着月光，就像一支支美人的臂膊，交互地缠着，挽着；又像是月儿披着的发。而月儿偶然也从它们的交叉处偷偷窥看我们，大有小姑娘怕羞的样子。岸上另有几株不知名的老树，光光地立着；在月光里照起来，却又俨然是精神矍铄的老人。远处——快到天际线了，才有一两片白云，亮得现出异彩，像美丽的贝壳一般。白云下便是黑黑的一带轮廓；是一条随意画的不规则的曲线。这一段光景，和河中的风味大异了。但灯与月竟能并存着，交融着，使月成了缠绵的月，灯射着渺渺的灵辉；这正是天之所以厚秦淮河，也正是天之所以厚我们了。

　　这时却遇着了难解的纠纷。秦淮河上原有一种歌妓，是以歌为业的。从前都在茶舫上，唱些大曲之类。每日午后一时起；什么时候止，却忘记了。晚上照样也有一回。也在黄晕的灯光里。我从前过南京时，曾随着朋友去听过两次。因为茶舫里的人脸太多了，觉得不大适意，终于听不出所以然。前年听说歌妓被取缔了，不知怎的，颇设想了几次——却想不出什么。这次到南京，先到茶舫上去看看，觉得颇是寂寥，令我无端地怅怅了。不料她们却仍在秦淮河里挣扎着，不料她们竟会纠缠到我们，我于是很张皇了。她们也乘着"七板子"，她们总是坐在舱前的。舱前点着石油汽灯，光亮眩人眼目；坐在下面的，自然是纤毫毕见了——引诱客人们的力量，也便在此了。舱里躲着乐工等人，映着汽灯的余辉蠕动着；他们是永远不被注意的。每船的歌妓大约都是二人；天色一黑，她们的船就在大中桥外往来不息地兜生意。无论行着的船、泊着的船，都要来兜揽的。这都是我后来推想出来的。那晚不知怎样，忽然轮着我们的船了。我们的船好好地停着，一只歌舫划向我们来的；渐渐和我们的船并着了。铄铄的灯光逼得我们皱起了眉头；我们的风尘色全给它托出来了，这使我踧踖不安了。那时一个伙计跨过船来，拿着摊开的歌折，就近塞向我的手里，说："点几出吧！"他跨过来的时候，我们船上似乎有许多眼光跟着。同时相近的别的船上也似乎有许多眼睛炯炯地向我们船上看着。我真窘了！我也装出大方的样子，向歌妓们瞥了一眼，但究竟是不成的！我勉强将那歌折翻了一翻，却不曾看清了几个字；便赶紧递还那伙计，一面不好意思地说："不要，我们……不要。"他便塞给平伯。平伯掉转头去，摇手说："不要！"那人还腻着不走。平伯又回过脸来，摇着头道："不要！"于是那人重到我处。我窘着再拒绝了他。他这才有所不屑似的走了。我的心立刻放下，如释了重负一般。我们就开始自白了。

我说我受了道德律的压迫，拒绝了她们；心里似乎很抱歉的。这所谓抱歉，一面对于她们，一面对于我自己。她们于我们虽然没有很奢的希望；但总有些希望的。我们拒绝了她们，无论理由如何充足，却使她们的希望受了伤；这总有几分不作美了。这是我觉得很怅怅的。至于我自己，更有一种不足之感。我这时被四面的歌声诱惑了，降服了；但是远远的，远远的歌声总仿佛隔着重衣搔痒似的，越搔越搔不着痒处。我于是憧憬着贴耳的妙音了。在歌舫划来时，我的憧憬变为盼望；我固执地盼望着，有如饥渴。虽然从浅薄的经验里，也能够推知，那贴耳的歌声，将剥去了一切的美妙；但一个平常的人像我的，谁愿凭了理性之力去丑化未来呢？我宁愿自己骗着了。不过我的社会感性是很敏锐的；我的思力能拆穿道德律的西洋镜，而我的感情却终于被它压服着，我于是有所顾忌了，尤其是在众目昭彰的时候。道德律的力，本来是民众赋予的；在民众的面前，自然更显出它的威严了。我这时一面盼望，一面却感到了两重的禁制：一、在通俗的意义上，接近妓者总算一种不正当的行为；二、妓是一种不健全的职业，我们对于她们，应有哀矜勿喜之心，不应赏玩地去听她们的歌。在众目睽睽之下，这两种思想在我心里最为旺盛。她们暂时压倒了我的听歌的盼望，这便成就了我的灰色的拒绝。那时的心实在异常状态中，觉得颇是昏乱。歌舫去了，暂时宁静之后，我的思绪又如潮涌了。两个相反的意思在我心头往复：卖歌和卖淫不同，听歌和狎妓不同，又干道德甚事？——但是，但是，她们既被逼得以歌为业，她们的歌必无艺术味的；况她们的身世，我们究竟该同情的。所以拒绝倒也是正办。但这些意思终于不曾撇开我的听歌的盼望。它力量异常坚强；它总想将别的思绪踏在脚下。从这重重的争斗里，我感到了浓厚的不足之感。这不足之感使我的心盘旋不安，起坐都不安宁了。唉！我承认我是一个自私的人！平伯呢，却与我不同。他引周启明先生的诗："因为我有妻子，所以我爱一切的女人，因为我有子女，所以我爱一切的孩子。"他的意思可以见了。他因为推及的同情，爱着那些歌妓，并且尊重着她们，所以拒绝了她们。在这种情形下，他自然以为听歌是对她们的一种侮辱。但他也是想听歌的，虽然不和我一样，所以在他的心中，当然也有一番小小的争斗；争斗的结果，是同情胜了。至于道德律，在他是没有什么的；因为他很有蔑视一切的倾向，民众的力量在他是不大觉着的。这时他的心意的活动比较简单，又比较松弱，故事后还怡然自若；我却不能了。这里平伯又比我高了。

在我们谈话中间，又来了两只歌舫。伙计照前一样地请我们点戏，我们照前一样地拒绝了。我受了三次窘，心里的不安更甚了。清艳的夜景也为之减色。船夫大约因为要赶第二趟生意，催着我们回去；我们无可无不可地答应了。我们渐渐和那些晕黄的灯光远了，只有些月色冷清清地随着我们的归舟。我们的船竟没个伴儿，秦淮河的夜正长哩！到大中桥近处，才遇着一只来船。这是一只载妓的板船，黑漆漆的没有一点光。船头上坐着一个妓女；暗里看出，白地小花的衫子，黑的下衣。她手里拉着胡琴，口里唱着青衫的调子。她唱得响亮而圆转；当她的船箭一般驶过去时，余音还袅袅地在我们耳际，使我们倾听而向往。想不到在弩末的游踪里，还能领略到这样的清歌！这时船过大中桥了，森森的水影，如黑暗张着巨口，要将我们的船吞了下去，我们回顾那渺渺的黄光，不胜依恋之情；我们感到了寂寞了！这一段地方夜色甚浓，又有两头的灯火招邀着；桥外的灯火不用说了，过了桥另有东关头疏疏的灯火。我们忽然仰头看见依人的素月，不觉深悔归来之早了！走过东关头，有一两只大船湾泊着，又有几只船向我们来着。嚣嚣的一阵歌声人语，仿佛笑我们无伴的孤舟哩。东关头转弯，河上的夜色更浓了；临水的妓楼上，时时从帘缝里射出一线一线的灯光；仿佛黑暗从酣睡里眨了一眨眼。我们默然地对着，静听那汩——汩的桨声，几乎要入睡了；朦胧里却温寻着适才的繁华的余味。我那不安的心在静里愈显活跃了！这时我们都有了不足之感，而我的更其浓厚。我们却又不愿回去，于是只能由懊悔而怅惘了。船里便满载着怅惘了。直到利涉桥下，微微嘈杂的人声，才使我豁然一惊；那光景却又不同。右岸的河房里，都大开了窗户，里面亮着晃晃的电灯，电灯的光射到水上，蜿蜒曲折，闪闪不息，正如跳舞着的仙女的臂膊。我们的船已在她的臂膊里了；如睡在摇篮里一样，倦了的我们便又入梦了。那电灯下的人物，只觉像蚂蚁一般，更不去萦念。这是最后的梦；可惜是最短的梦！黑暗重复落在我们面前，我们看见傍岸的空船上一星两星的、枯燥无力又摇摇不定的灯光。我们的梦醒了，我们知道就要上岸了；我们心里充满了幻灭的情思。

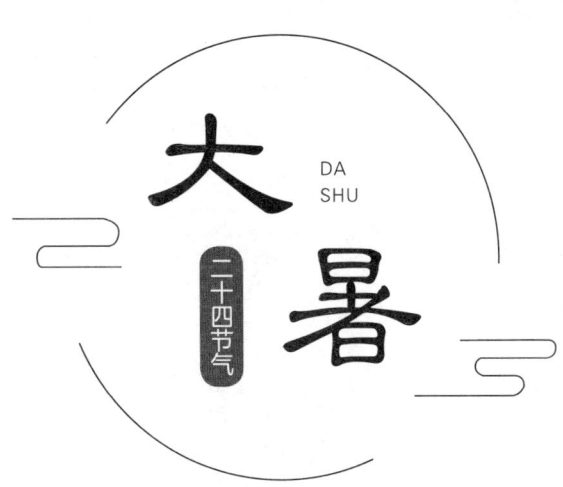

大暑三秋近,林钟九夏移。
桂轮开子夜,萤火照空时。
菰果邀儒客,菰蒲长墨池。
绛纱浑卷上,经史待风吹。

燕居夏亦佳

张恨水

到了阳历七月,在重庆真有流火之感。现在虽已踏进了八月,秋老虎虎视眈眈,说话就来,真有点谈热色变。咱们一回想到了北平,那就觉得当年久住在那儿,是人在福中不知福。

不用说逛三海上公园,那里简直没有夏天。就说你在府上吧,大四合院里,槐树碧油油的,在屋顶上撑着一把大凉伞儿,那就够清凉。不必高攀,就凭咱们拿笔杆儿的朋友,院子里也少不了石榴盆景金鱼缸。这日子石榴结着酒杯那么大,盆里荷叶伸出来两三尺高,撑着盆大的绿叶儿,四围配上大小七八盆草木花儿,什么颜色都有,统共不会要你花上两元钱,院子里白粉墙下,就很有个意思。

你若是摆得久了，卖花儿的，逐日会到胡同里来吆唤，换上一批就得啦。小书房门口，垂上一幅竹帘儿，窗户上糊着五六枚一尺的冷布，既透风，屋子里可飞不进来一只苍蝇。花上这么两毛钱，买上两三把玉簪花红白晚香玉，向书桌上花瓶子一插，足香个两三天。屋夹角里，放上一只绿漆的洋铁冰箱，连红漆木架在内，只花两三元钱。每月再花一元五角钱，每日有送天然冰的，搬着四五斤重一块的大冰块，带了北冰洋的寒气，送进这冰箱。

若是爱吃水果的朋友，花一二毛钱，把虎拉车（苹果之一种，小的）、大花红、脆甜瓜之类，放在冰箱里镇一镇，什么时候吃，什么时候拿出来，又凉又脆又甜。再不然，买几大枚酸梅，五分钱白糖，煮上一大壶酸梅汤，向冰箱里一镇，到了两三点钟，槐树上知了儿叫得正酣，不用午睡啦，取出汤来，一个人一碗，全家喝他一个"透心儿凉"。

北平这儿，一夏也不过有七八天热上华氏九十度。其余的日子，屋子里平均总是华氏八十来度，早晚不用说，只有华氏七十来度。碰巧下上一阵黄昏雨，晚半晌睡觉，就非盖被不成。所以要笔杆儿的朋友，在绿荫荫的纱窗下，鼻子里嗅着瓶花香，除了正午，大可穿件小汗衫儿，从容工作。

若是喜欢夜生活的朋友，更好，电灯下，晚香玉更香。写得倦了，恰好胡同深处唱曲儿的，奏着胡琴弦子鼓板，悠悠而去。掀帘出望，残月疏星，风露满天，你还会缺少"烟士披里纯"吗？

儿女

朱自清

我现在已是五个儿女的父亲了。想起圣陶喜欢用的蜗牛背了壳的比喻,便觉得不自在。新近一位亲戚嘲笑我说,要剥层皮呢!更有些悚然了。十年前刚结婚的时候,在胡适之先生的《藏晖室札记》里,见过一条,说世界上有许多伟大的人物是不结婚的;文中并引培根的话,有妻子者,其命定矣。当时确吃了一惊,仿佛梦醒一般;但是家里已是不由分说给娶了媳妇,又有什么可说?现在是一个媳妇,跟着来了五个孩子;两个肩头上,加上这么重一副担子,真不知怎样走才好。命定是不用说了;从孩子们那一面说,他们该怎样长大,也正是可以忧虑的事。我是个彻头彻尾自私的人,做丈夫已是勉强,做父亲更是不成。自然，子孙崇拜，儿童本位的哲理或伦理，我也有些知道；既做着父亲，闭了眼抹杀孩子们的权利，知道是不行的。可惜这只是理论，实际上我是仍旧按照古老的传统，在野蛮地对付着，和普通的父亲一样。近来差不多是中年的人了，才渐渐觉得自己的残酷；想着孩子们受过的体罚和叱责，始终不能辩解——像抚摩着旧创痕那样，我的心酸溜溜的。有一回，读了有岛武郎《与幼小者》的译文，对了那种伟大的、沉挚的态度，我竟流下泪来了。去年父亲来信，问起阿九，那时阿九还在白马湖呢；信上说，我没有耽误你，你也不要耽误他才好。我为这句话哭了一场；我为什么不像父亲的仁慈？我不该忘记，父亲怎样待我们来着！人性许真是二元的，我是这样地矛盾；我的心像钟摆似的来去。

  你读过鲁迅先生的《幸福的家庭》么？我的便是那一类的幸福的家庭！每天午饭和晚饭，就如两次潮水一般。先是孩子们你来他去地在厨房与饭间里查看，一面催我或妻发开饭的命令。急促繁碎的脚步，夹着笑和嚷，一阵阵袭来，直到命令发出为止。他们一递一个地跑着喊着，将命令传给厨房里的佣人；便立刻抢着回来搬凳子。于是这个说，我坐这儿！那个说，大哥不让我！大哥却说，小妹打我！我给他们调解，说好话。但是他们有时候很固执，我有时候也不耐烦，这便用着叱责了；叱责还不行，不由自主地，我的沉重的手掌便到他们身上了。

于是哭的哭，坐的坐，局面才算定了。接着可又你要大碗，他要小碗，你说红筷子好，他说黑筷子好；这个要干饭，那个要稀饭，要茶要汤，要鱼要肉，要豆腐，要萝卜；你说他菜多，他说你菜好。妻是照例安慰着他们，但这显然是太迂缓了。我是个暴躁的人，怎么等得及？不用说，用老法子将他们立刻征服了；虽然有哭的，不久也就抹着泪捧起碗了。吃完了，纷纷爬下凳子，桌上是饭粒呀，汤汁呀，骨头呀，渣滓呀，加上纵横的筷子，欹斜的匙子，就如一块花花绿绿的地图模型。吃饭而外，他们的大事便是游戏。游戏时，大的有大主意，小的有小主意，各自坚持不下，于是争执起来；或者大的欺负了小的，或者小的竟欺负了大的，被欺负的哭着嚷着，到我或妻的面前诉苦；我大抵仍旧要用老法子来判断的，但不理的时候也有。最为难的，是争夺玩具的时候：这一个的与那一个的是同样的东西，却偏要那一个的；而那一个便偏不答应。在这种情形之下，不论如何，终于是非哭了不可的。这些事件自然不至于天天全有，但大致总有好些起。我若坐在家里看书或写什么东西，管保一点钟里要分几回心，或站起来一两次的。若是雨天或礼拜日，孩子们在家的多，那么，摊开书竟看不下一行，提起笔也写不出一个字的事，也有过的。我常和妻说，我们家真是成日的千军万马呀！有时是不但成日，连夜里也有兵马在进行着，在有吃乳或生病的孩子的时候！

我结婚那一年，才十九岁。二十一岁，有了阿九；二十三岁，又有了阿菜。那时我正像一匹野马，哪能容忍这些累赘的鞍鞯，辔头，和缰绳？摆脱也知是不行的，但不自觉地时时在摆脱着。现在回想起来，那些日子，真苦了这两个孩子；真是难以宽宥的种种暴行呢！阿九才两岁半的样子，我们住在杭州的学校里。不知怎地，这孩子特别爱哭，又特别怕生人。一不见了母亲，或来了客，就哇哇地哭起来了。学校里住着许多人，我不能让他扰着他们，而客人也总是常有的；我懊恼极了，有一回，特地骗出了妻，关了门，将他按在地下打了一顿。这件事，妻到现在说起来，还觉得有些不忍；她说我的手太辣了，到底还是两岁半的孩子！我近年常想着那时的光景，也觉黯然。阿菜在台州，那是更小了；才过了周岁，还不大会走路。也是为了缠着母亲的缘故吧，我将她紧紧地按在墙角里，直哭喊了三四分钟；因此生了好几天病。妻说，那时真寒心呢！但我的苦痛也是真的。我曾给圣陶写信，说孩子们的折磨，实在无法奈何；有时竟觉着还是自杀的好。这虽是气愤的话，但这样的心情，确也有过的。后来孩子是多起来了，磨折也磨折得久了，少年的锋棱渐渐地钝起来了；加以增长的年岁增长了理性的裁制力，我能够忍耐了——觉得从前真是一个不成材的父亲，如我给另一个朋友信里所说。但我的孩子们在幼小时，确比别人的特别不安静，我至今还觉如此。我想这大约还是由于我们抚育不得法；从前只一味地责备孩子，让他们代我们负起责任，却未免是可耻的残酷了！

　　正面意义的幸福，其实也未尝没有。正如谁所说，小的总是可爱，孩子们的小模样，小心眼儿，确有些教人舍不得的。阿毛现在五个月了，你用手指去拨弄她的下巴，或向她做趣脸，她便会张开没牙的嘴格格地笑，笑得像一朵正开的花。她不愿在屋里待着；待久了，便大声儿嚷。妻常说，姑娘又要出去溜达了。她说她像鸟儿般，每天总得到外面溜一些时候。闰儿上个月刚过了三岁，笨得很，话还没有学好呢。他只能说三四个字的短语或句子，文法错误，发音模糊，又得费气力说出；我们老是要笑他的。他说好字，总变成小字；问他好不好？他便说小，或不小。我们常常逗着他说这个字玩儿；他似乎有些觉得，近来偶然也能说出正确的好字了——特别在我们故意说成小字的时候。他有一只搪瓷碗，是一毛来钱买的；买来时，老妈子教给他，这是一毛钱。他便记住一毛两个字，管那只碗叫一毛，有时竟省称为毛。这在新来的老妈子，是必需翻译了才懂的。他不好意思，或见着生客时，便咧着嘴痴笑；我们常用了土话，叫他做呆瓜。他是个小胖子，短短的腿，走起路来，蹒跚可笑；若快走或跑，便更好看了。他有时学我，将两手叠在背后，一摇一摆的；那是他自己和我们都要乐的。他的大姊便是阿菜，已是七岁多了，在小学校里念着书。在饭桌上，一定得啰啰唆唆地报告些同学或他们父母的事情；气喘喘地说着，不管你爱听不爱听。说完了总问我："爸爸认识么？""爸爸知道么？"妻常禁止她吃饭时说话，所以她总是问我。她的问题真多：看电影便问电影里的是不是人？是不是真人？怎么不说话？看照相也是一样。不知谁告诉她，兵是要打人的。她回来便问，兵是人么？为什么打人？近来大约听了先生的话，回来又问张作霖的兵是帮谁的？蒋介石的兵是不是帮我们的？诸如此类的问题，每天短不了，常常闹得我不知怎样答才行。她和闰儿在一处玩儿，一大一小，不很合适，老是吵着哭着。但合适的时候也有：譬如这个往床底下躲，那个便钻进去追着；这个钻出来，那个也跟着——从这个床到那个床，只听见笑着，嚷着，喘着，真如妻所说，像小狗似的。现在在京的，便只有这三个孩子；阿九和转儿是去年北来时，让母亲暂时带回扬州去了。

阿九是欢喜书的孩子。他爱看《水浒传》《西游记》《三侠五义》《小朋友》等；没有事便捧着书坐着或躺着看。只不欢喜《红楼梦》，说是没有味儿。是的，《红楼梦》的味儿，一个十岁的孩子，哪里能领略呢？去年我们事实上只能带两个孩子来；因为他大些，而转儿是一直跟着祖母的，便在上海将他俩丢下。我清清楚楚记得那分别的一个早上。我领着阿九从二洋泾桥的旅馆出来，送他到母亲和转儿住着的亲戚家去。妻嘱咐说，买点吃的给他们吧。我们走过四马路，到一家茶食铺里。阿九说要熏鱼，我给买了；又买了饼干，是给转儿的。便乘电车到海宁路。下车时，看着他的害怕与累赘，很觉恻然。到亲戚家，因为就要回旅馆收拾上船，只说了一两句话便出来；转儿望望我，没说什么，阿九是和祖母说什么去了。我回头看了他们一眼，硬着头皮走了。后来妻告诉我，阿九背地里向她说：我知道爸爸欢喜小妹，不带我上北京去。其实这是冤枉的。他又曾和我们说，暑假时一定来接我啊！我们当时答应着；但现在已是第二个暑假了，他们还在迢迢的扬州待着。他们是恨着我们呢，还是惦着我们呢？妻是一年来老放不下这两个，常常独自暗中流泪；但我有什么法子呢！想到"只为家贫成聚散"一句无名的诗，不禁有些凄然。转儿与我较生疏些。但去年离开白马湖时，她也曾用了生硬的扬州话（那时她还没有到过扬州呢），和那特别尖的小嗓子向着我：我要到北京去。她晓得什么北京，只跟着大孩子们说罢了；但当时听着，现在想着的我，却真是抱歉呢。这兄妹俩离开我，原是常事，离开母亲，虽也有过一回，这回可是太长了；小小的心儿，知道是怎样忍耐那寂寞来着！

我的朋友大概都是爱孩子的。少谷有一回写信责备我，说儿女的吵闹，也是很有趣的，何至可厌到如我所说；他说他真不解。子恺为他家华瞻写的文章，真是蔼然仁者之言。圣陶也常常为孩子操心：小学毕业了，到什么中学好呢？——这样的话，他和我说过两三回了。我对他们只有惭愧！可是近来我也渐渐觉着自己的责任。我想，第一该将孩子们团聚起来，其次便该给他们些力量。我亲眼见过一个爱儿女的人，因为不曾好好地教育他们，便将他们荒废了。他并不是溺爱，只是没有耐心去料理他们，他们便不能成材了。我想我若照现在这样下去，孩子们也便危险了。我得计划着，让他们渐渐知道怎样去做人才行。但是要不要他们像我自己呢？这一层，我在白马湖教初中学生时，也曾从师生的立场上问过丐尊，他毫不踌躇地说，自然啰。近来与平伯谈起教子，他却答得妙，总不希望比自己坏啰。是的，只要不比自己坏就行，像不像倒是不在乎的。职业、人生观等，还是由他们自己去定的好；自己顶可贵，只要指导，帮助他们去发展自己，便是极贤明的办法。

予同说，我们得让子女在大学毕了业，才算尽了责任。SK说，不然，要看我们的经济，他们的材质与志愿；若是中学毕了业，不能或不愿升学，便去做别的事，譬如做工人吧，那也并非不行的。自然，人的好坏与成败，也不尽靠学校教育；说是非大学毕业不可，也许只是我们的偏见。在这件事上，我现在毫不能有一定的主意；特别是这个变动不居的时代，知道将来怎样？好在孩子们还小，将来的事且等将来吧。目前所能做的，只是培养他们基本的力量——胸襟与眼光；孩子们还是孩子们，自然说不上高的远的，慢慢从近处小处下手便了。这自然也只能先按照我自己的样子：神而明之，存乎其人，光辉也罢，倒楣也罢，平凡也罢，让他们各尽各的力去。我只希望如我所想的，从此好好地做一回父亲，便自称心满意。想到那狂人救救孩子的呼声，我怎敢不悚然自勉呢？

南京

朱自清

南京是值得流连的地方,虽然我只是来来去去,而且又都在夏天。也想夸说夸说,可惜知道的太少;现在所写的,只是一个旅行人的印象罢了。

逛南京像逛古董铺子,到处都有些时代侵蚀的遗痕。你可以摩挲,可以凭吊,可以悠然遐想;想到六朝的兴废,王谢的风流,秦淮的艳迹。这些也许只是老调子,不过经过自家一番体贴,便不同了。所以我劝你上鸡鸣寺去,最好选一个微雨天或月夜。在朦胧里,才酝酿着那一缕幽幽的古味。你坐在一排明窗的豁蒙楼上,吃一碗茶,看面前苍然蜿蜒着的台城。台城外明净荒寒的玄武湖就像大涤子的画。豁蒙楼一排窗子安排得最有心思，让你看的一点不多，一点不少。寺后有一口灌园的井，可不是那陈后主和张丽华躲在一堆儿的"胭脂井"。那口胭脂井不在路边，得颇费点工夫寻觅。井栏也不在井上；要看，得老远地上明故宫遗址的古物保存所去。

从寺后的园地，拣着路上台城；没有垛子，真像平台一样。踏在茸茸的草上，说不出的静。夏天白昼有成群的黑蝴蝶，在微风里飞；这些黑蝴蝶上下旋转地飞，远看像一根粗的圆柱子。城上可以望南京的每一角。这时候若有个熟悉历代形势的人，给你指点，隋兵是从这角进来的，湘军是从那角进来的，你可以想象异样装束的队伍，打着异样的旗帜，拿着异样的武器，汹汹涌涌地进来，远远仿佛还有哭喊之声。假如你记得一些金陵怀古的诗词，趁这时候暗诵几回，也可印证印证，许更能领略作者当日的情思。

从前可以从台城爬出去，到玄武湖边；若是月夜，两三个人，两三个零落的影子，歪歪斜斜地挪移下去，够多好。现在可不成了，得出寺，下山，绕着大弯儿出城。七八年前，湖里几乎长满了苇子，一味地荒寒，虽有好月光，也不大能照到水上；船又窄，又小，又漏，教人逛着愁着。这几年大不同了，一出城，看见湖，就有烟水苍茫之意；船也大多了，有藤椅子可以躺着。水中岸上都光光的；亏得湖里有五个洲子点缀着，不然便一览无余了。这里的水是白的，又有波澜，俨然长江大河的气势,与西湖的静绿不同,最宜于看月,一片空蒙,无边无界。若在微醺之后,迎着小风,似睡非睡地躺在藤椅上,听着船底汩汩的波响与不知何方来的箫声,真会教你忘却身在哪里。五个洲子似乎都局促无可看,但长堤宛转相通,却值得走走。湖上的樱桃最出名。据说樱桃熟时,游人在树下现买,现摘,现吃,谈着笑着,多热闹的。

清凉山在一个角落里,似乎人迹不多。扫叶楼的安排与豁蒙楼相仿佛,但窗外的景象不同。这里是滴绿的山环抱着,山下一片滴绿的树;那绿色真是扑到人眉宇上来。若许我再用画来比,这怕像王石谷的手笔了。在豁蒙楼上不容易坐得久,你至少要上台城去看看。在扫叶楼上却不想走;窗外的光景好像满为这座楼而设,一上楼便什么都有了。夏天去确有一股"清凉"味。这里与豁蒙楼全有素面吃,又可口,又贱。

莫愁湖在华严庵里。湖不大,又不能泛舟,夏天却有荷花荷叶。临湖一带屋子,凭栏眺望,也颇有远情。莫愁小像,在胜棋楼下,不知谁画的,大约不很古吧;但脸子开得秀逸之至,衣褶也柔活之至,大有"挥袖凌虚翔"的意思;若让我题,我将毫不踌躇地写上"仙乎仙乎"四字。另有石刻的画像,也在这里,想来许是那一幅画所从出;但生气反而差得多。这里虽也临湖,因为屋子深,显得阴暗些;可是古色古香,阴暗得好。诗文联语当然多,只记得王湘绮的半联云:"莫轻他北地胭脂,看艇子初来，江南儿女无颜色。"气概很不错。所谓胜棋楼，相传是明太祖与徐达下棋，徐达胜了，太祖便赐给他这一所屋子。太祖那样的人，居然也会做出这种雅事来了。左手临湖的小阁却敞亮得多，也敞亮得好。有曾国藩画像，忘记是谁横题着"江天小阁坐人豪"一句。我喜欢这个题句，"江天"与"坐人豪"，景象阔大，使得这屋子更加开朗起来。

秦淮河我已另有记。但那文里所说的情形，现在已大变了。从前读《桃花扇》《板桥杂记》一类书，颇有沧桑之感；现在想到自己十多年前身历的情形，怕也会有沧桑之感了。前年看见夫子庙前旧日的画舫，那样狼狈的样子，又在老万全酒栈看秦淮河水，差不多全黑了，加上巴掌大，透不出气的所谓秦淮小公园，简直有些厌恶，再别提做什么梦了。贡院原也在秦淮河上，现在早拆得只剩一点儿了。民国五年父亲带我去看过，已经荒凉不堪，号舍里草都长满了。父亲曾经办过江南闱差，熟悉考场的情形，说来头头是道。他说考生入场时，都有送场的，人很多，门口闹嚷嚷的。天不亮就点名，搜夹带。大家都归号。似乎直到晚上，头场题才出来，写在灯牌上，由号军扛着在各号里走。所谓"号"，就是一条狭长的胡同，两旁排列着号舍，口儿上写着什么天字号、地字号等等的。每一号舍之大，恰好容一个人坐着；从前人说是像轿子，真不错。几天里吃饭，睡觉，做文章，都在这轿子里；坐的伏的各有一块硬板，如是而已。官号稍好一些,是给达官贵人的子弟预备的,但得补褂朝珠地入场,那时是夏秋之交,天还热,也够受的。父亲又说,乡试时场外有兵巡逻,防备通关节。场内也竖起黑幡,叫鬼魂们有冤报冤,有仇报仇;我听到这里,有点毛骨悚然。现在贡院已变成碎石路;在路上走的人,怕很少想起这些事情的了吧?

明故宫只是一片瓦砾场,在斜阳里看,只感到李太白《忆秦娥》的"西风残照,汉家陵阙"二语的妙。午门还残存着,遥遥直对洪武门的城楼,有万千气象。古物保存所便在这里,可惜规模太小,陈列得也无甚次序。明孝陵道上的石人石马,虽然残缺零乱,还可见泱泱大风;享殿并不巍峨,只陵下的隧道,阴森袭人,夏天在里面待着,凉风沁人肌骨。这陵大概是开国时草创的规模,所以简朴得很;比起长陵,差得真太远了。然而简朴得好。

雨花台的石子,人人皆知;但现在怕也捡不着什么了。那地方毫无可看。记得刘后村的诗云:"昔年讲师何处在,高台犹以'雨花'名。有时宝向泥寻得,一片山无草敢生。"我所感的至多也只如此。还有,前些年南京枪决囚人都在雨花台下,所以洋车夫遇见别的车夫和他争先时,常说:"忙什么!赶雨花台去!"这和从前北京车夫说"赶菜市口儿"一样。现在时移势异,这种话渐渐听不见了。

燕子矶在长江里看,一片绝壁,危亭翼然,的确惊心动魄。

但到了上边，逼窄污秽，毫无可以盘桓之处。燕山十二洞，去过三个。只三台洞层层折折，由幽入明，别有匠心，可是也年久失修了。

南京的新名胜，不用说，首推中山陵。中山陵全用青白两色，以象征青天白日，与帝王陵寝用红墙黄瓦的不同。假如红墙黄瓦有富贵气，那青琉璃瓦的享堂，青琉璃瓦的碑亭却有名贵气。从陵门上享堂，白石台阶不知多少级，但爬得够累的；然而你远看，决想不到会有这么多的台阶儿。这是设计的妙处。德国波慈达姆无愁宫前的石阶，也同此妙。享堂进去也不小；可是远处看，简直小得可以，和那白石的飞阶不相称，一点儿压不住，仿佛高个儿戴着小尖帽。近处山角里一座阵亡将士纪念塔，粗粗的，矮矮的，正当着一个青青的小山峰，让两边儿的山紧紧抱着，静极，稳极。——谭墓没去过，听说颇有点丘壑。中央运动场也在中山陵近处，全仿外洋的样子。全国运动会时，也不知有多少照相与描写登在报上；现在是时髦的游泳的地方。

若要看旧书，可以上江苏省立图书馆去。这在汉西门龙蟠里，也是一个角落里。这原是江南图书馆，以丁丙的善本书室藏书为底子；词曲的书特别多。此外，中央大学图书馆近年来也颇有不少书。中央大学是个散步的好地方。宽大，干净，有树木；黄昏时去兜一个或大或小的圈儿，最有意思。后面有个梅庵，是那会写字的清道人的遗迹。这里只是随宜地用树枝搭成的小小的屋子。庵前有一株六朝松，但据说实在是六朝桧；桧荫遮住了小院子，真是不染一尘。

南京茶馆里干丝很为人所称道。但这些人必没有到过镇江、扬州，那儿的干丝比南京细得多，又从来不那么甜。我倒是觉得芝麻烧饼好，一种长圆的，刚出炉，既香，且酥，又白，大概各茶馆都有。咸板鸭才是南京的名产，要热吃，也是香得好；肉要肥要厚，才有咬嚼。但南京人都说盐水鸭更好，大约取其嫩，其鲜；那是冷吃的，我可不知怎样，老觉得不大得劲儿。

北海记游

朱湘

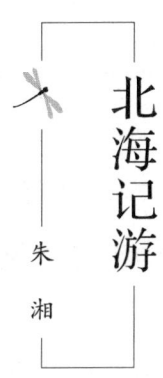

九日下午，去北海，想在那里作完我的《洛神》，呈给一位不认识的女郎；路上遇到刘兄梦苇，我就变更计划，邀他一同去逛一天北海。那里面有一条槐树的路，长约四里，路旁是两行高而且大的槐树，倚傍着小山，山外便是海水了；每当夕阳西下清风徐来的时候，到这槐荫之路上来散步，仰望是一片凉润的青碧，旁视是一片渺茫的波浪，波上有黄白各色的小艇往来其间，衬着水边的芦荻，路上的小红桥，枝叶之间偶尔瞧得见白塔高耸在远方，与它的赭色的塔门，黄金的塔尖，这条槐路的景致也可说是兼有清幽与富丽之美了。我本来是想去那条路上闲行的,但是到的时候天气还早,我们就转入濠濮园的后堂暂息。

这间后堂傍着一个小池,上有一座白石桥,池的两旁是小山,山上长着柏树,两山之间竖着一座石门,池中游鱼往来,间或有金鱼浮上。我们坐定之后,谈了些闲话,谈到我们这一班人所作的诗行由规律的字数组成的新诗之上去。梦苇告诉我,有许多人对于我们的这种举动大不以为然,但同时有两种人,一种是向来对新诗取厌恶态度的人,一种是新诗作了许久与我们悟出同样的道理的人,他们看见我们的这种新诗以后,起了深度的同情。后来又谈到一班作新诗的人当初本是轰轰烈烈,但是出了一个或两个集子之后,便销声匿迹,不仅没有集子陆续出来,并且连一首好诗都看不见了。梦苇对于这种现象的解释很激烈,他说这完全是因为一班人拿诗作进身之阶,等到名气成了,地位有了,诗也就跟着扔开了。他的话虽激烈,却也有部分的真理,不过我觉着主要的缘因另有两个:浅尝的倾向,抒情的偏重。我所说的浅尝者,便是那班本来不打算终身致力于诗,不过因了一时的风气而舍些工夫来此尝试一下的人。他们当中虽然不能说是竟无一人有诗的禀赋、涵养、见解、毅力,但是即使有的时候,也不深。等到这一点子热心与能耐用完之后,他们也就从此销声匿迹了。诗,与旁的学问旁的艺术一般,是一种终身的事业,并非靠了浅尝可以兴盛得起来的。最可恨的便是这些浅尝者之中有人居然连一点自知之明都没有，他们居然坚执着他们的荒谬主张，溺爱着他们的浅陋作品，对于真正的方在萌芽的新诗加以热骂与冷嘲，并且挂起他们的新诗老前辈的招牌来蒙蔽大众：这是新诗发达上的一个大阻梗。还有一个阻梗便是胡适的一种浅薄可笑的主张，他说，现代的诗应当偏重抒情的一方面，庶几可以适应忙碌的现代人的需要。殊不知诗之长短与其需时之多寡当中毫无比例可言。李白的《敬亭独坐》虽然只有寥寥的二十个字，但是要领略出它的好处，所需的时间之多，只有过于《木兰辞》而无不及。进一层，我们可以说，像《敬亭独坐》这一类的抒情诗，忙碌的现代人简直看不懂。再进一层说，忙碌的现代人干脆就不需要诗，小说他们都嫌没有工夫与精神去看，更何况诗？电影，我说，最不艺术的电影是最为现代人所需要的了。所以，我们如想迎合现代人的心理，就不必作诗；想作诗，就不必顾及现代人的嗜好。诗的种类很多，抒情不过是一种，此外如叙事诗、史诗、诗剧、讽刺诗、写景诗等等哪一种不是充满了丰富的希望，值得致力于诗的人去努力？上述的两种现象，抒情的偏重，使诗不能做多方面的发展，浅尝的倾向，使诗不能做到深宏与丰富的田地，便是新诗之所以不兴旺的两个主因。

我们谈完之后，时候已经不早了；我们便起身，转上槐路，绕海水的北岸，经过用黄色与淡青的琉璃瓦造成的琉璃牌楼，在路上谈了一些话，便租定一只小划船。这时候西北方已经起了乌云，并且时时有凉风吹过白色的水面，颇有雨意，但是我们下了船。我们看见一个女郎独划着一只绿色的船，她身上穿着白色的衣裙，手上戴着白色的手套，草帽是淡黄色的，她的身躯节奏的与双桨交互的低昂着，在船身转弯的时候，那种一手顺划一手逆划两臂错综而动的姿势更将女身的曲线美表现出来；我们看着，一边艳羡，一边自家划船的勇气也不觉的陡增十倍。本来我的右手是因为前几天划船过猛擦破了几块皮到如今刚合了创口的，到此也就忘记掉了。我们先从松坡图书馆向漪澜堂划了一个直过，接着便向金鳌玉𬇘桥放船过去；半路之上，果然有雨点稀疏的洒下来了。雨点落在水面之上，激起一个小涡，涡的外缘凸起，向中心凹下去，但是到了中心的时候，又突然的高起来，形成一个白的圆锥，上联着雨丝。这不过是刹那中的事。雨涡接着迅捷的向四周展开去，波纹越远越淡，以至于无。我此时不觉的联想起济慈的四行诗来：

    Ever let the fancy roam,
    Pleasure never is at home：
    At a touch sweet pleasure melteth,
    Like to bubbles when rain pelteth.

雨大了起来。雨点含着光有如水银粒似的密密落下。雨阵有如一排排的戈矛，在空中熠耀；匆促的雨点敲水声便是衔枚疾走时脚步的声息。这一片飒飒之中，还听到一种较高的声响，那就是雨落在新出水的荷叶上面时候发出来的。我们掉转船头，一面愉快的划着，一面避到水心的席棚下休息。

棹　歌

水心

仰身呀桨落水中，

对长空；

俯首呀双桨如翼，

鸟凭风。

头上是天，

水在两边，

更无障碍当前；

白云驶空，

鱼游水中，

快乐呀与此正同。

岸侧

仰身呀桨在水中，

对长空；

俯首呀双桨如翼，

鸟凭风。

树有浓荫，

葭苇青青，

野花长满水滨；

鸟啼叶中，

鸥投苇丛，

蜻蜓呀头绿身红。

风朝

仰身呀桨落水中，

对长空；

俯首呀双桨如翼，

鸟凭风。

白浪扑来，

水雾拂腮，

天边布满云霾；

船晃得凶，

快往前冲，

小心呀翻进波中。

雨天

仰身呀桨落水中，

对长空；

俯首呀双桨如翼，

鸟凭风。

雨丝像帘，

水涡像钱，

一片缭乱轻烟；

雨势偶松，

暂展朦胧，

瞧见呀青的远峰。

春波

仰身呀桨落水中，

对长空；

俯首呀双桨如翼，

鸟凭风。

鸟儿高歌，

燕儿掠波，

鱼儿来往如梭；

白的云峰，

青的天空，

黄金呀日色融融。

夏荷

仰身呀桨落水中，

对长空；

俯首呀双桨如翼，

鸟凭风。

荷花清香，

缭绕船旁，

轻风飘起衣裳；

菱藻重重，

长在水中，

双桨呀欲举无从。

秋月

仰身呀桨落水中，

对长空；

俯首呀双桨如翼，

鸟凭风。

月在上飘，

船在下摇，

何人远处吹箫？

芦荻丛中，

吹过秋风，

水蚓呀应着寒蛩。

冬雪

仰身呀桨落水中，

对长空；

俯首呀双桨如翼，

鸟凭风。

雪花轻飞，

飞满山隈，

飞向树枝上垂；

到了水中，

它却消融，

绿波呀载过渔翁。

雨势稍停，我们又划了出来。划了一程之后，忽然间刮起了劲风来；风在海面上吹起一阵阵的水雾，迷人眼睛，朦胧里只见黑浪一个个向我们滚来。浪的上缘俯向前方，浪的下部凹入，真像一群张口的海兽要跑来吞我们似的。水在船旁舐吮作响，船身的颠摇十分厉害：这刻的心境介于悦乐与惊恐之间，一心一目之中只记着，向前划！向前划！虽然两臂麻木了，右手上已合的创口又裂了，还是记着，向前划！

上岸之后，虽然休息了许久，身体与手臂尚自在那里摆动。

还记得许多年前，头一次凫水，出水之后，身子轻飘飘的，好像鸟儿在空中飞翔一般；不料那时所感到的快乐又复现于今天了。

吃完点心之后（今天的点心真鲜！），我们离开漪澜堂，又向对岸渡过去，这次坐的是敞篷船。此刻雨阵过了，只有很疏的雨点偶尔飘来。展目远观，见鱼肚白的夕空渲染着浓灰色以及淡灰色的未尽的雨云，深浅不一，下面是暗青的海水，水畔低昂着嫩绿色的芦苇，时有玄脊白腹的水鸟在一片绿色之中飞过。加上天水之间远山上的翠柏之色，密叶中的几点灯光，还有布谷高高的隐在雨云之中发出清脆的啼声，真令人想起了江南的烟雨之景。

上岸后，雨又重新下起来。但是我们两人的兴却发作了：梦苇嚷着要征服自然；我嚷着要上天王殿的楼上去听雨。我们走到殿的前头，瞧见琉璃牌楼的三座孤门之上一毫未湿，便先在这里停歇下来。这时候天已经黑了，我们从槐树的叶中可以看得见天空已经转成了与海水一样深青的颜色，远处的琼岛亮着一片灯光，灯光倒映在水中，晃动闪灼，有波纹把它分隔成许多层。雨点打在远近无数的树上，有时急，有时缓；急时，像独坐在佛殿中，峥嵘的殿柱与庄严的佛像只在隐约的琉璃灯光与炉香的光点内可以瞧见；沉默充满了寺内殿堂，寂静弥漫了寺外的山岭；忽然之间，一阵风来，吹得檐角与塔尖的铁马铜铃不断的响，山中的老松怪柏谡谡的呼吼，杂着从远峰飘来的瀑布的声响，真是战马奔腾，怒潮澎湃。缓时，像在一座墓园之内，黄昏的时候，鸟儿在树枝上栖息定了，乡人已经离开了田野与牧场回到家中安歇，坟墓中的幽灵一齐无声的偷了出来，伴着空中的蝙蝠作回旋的哑舞；他们的脚步落得真轻，一点声息不闻，只有萤虫燃着的小青灯照见他们憧憧的影子在暗中来往；他们舞得愈出神，在旁观看的人也愈屏息无声；最后，白杨萧萧的叹起气来，惋惜舞蹈之易终以及墓中人的逐渐零落投阳去了；一群面庞黄瘦的小草也跟着点头，飒飒的微语，说是这些话不错。

雨声之中，我们转身瞧天王殿，只见黑魆魆的一点灯火俱无，我们登楼听雨的计划于是不得不中止了。我们又闲谈起来。我们评论时人，预想未来，归根又是谈到文学上去。说到文学与艺术之关系的时候，我讲：插图极能增进读者对于文学书籍的兴趣，我们中国旧文学书中的插图工细别致，《红楼梦》一书更得到画家不断的为它装画。在西方这一方面的人材真是多不胜数，只拿英国来讲，如从前的克鲁可贤（Cruikshank），现代的毕兹雷（Beardsley），又如自己替自己的小说作插图的萨克雷（Thackcray），都是脍炙人口的；还有文学与音乐的关系，我国古代与西方都是很密切的，好的抒情诗差不多都已谱入了音乐，成了人民生活的一部分；新诗则尚未得到音乐上的人材来在这方面致力。

我们谈着，时刻已经不早了。雨算是过去了，但枝叶间雨滴依然纷乱的洒下，好像雨并没有停住一般。偶尔有一辆人力车拖过，想必是迟归的游客乘着园内预备的车；还偶尔有人撑着纸伞拖着钉鞋低头走过，这想必是园中的夫役。我们起身走上路时，只见两行树的黑影围在路的左右，走到许远，才看见一盏被雨雾朦了罩的路灯。大半时候还是凭着路中雨水洼的微光前进。

我们一面走着，一面还谈。我说出了我所以作新诗的理由，不为这个，不为那个，只为它是一种崭新的工具，有充分发展的可能；它是一方未垦的膏壤，有丰美收成的希望。诗的本质是一成不变万古长新的；它便是人性。诗的形体则是一代有一代的：一种形体的长处发展完了，便应当另外创造一种形体来代替；一种形体的时代之长短完全由这种形体的含性之大小而定。诗的本质是向内发展的；诗的形体是向外发展的。《诗经》《楚辞》，何默尔的史诗，这些都是几千年上的文学产品，但是我们这班后生几千年的人读起它们来仍然受很深的感动。这便是因为它们能把永恒的人性捉到一相或多相，于是它们就跟着人性一同不朽了。至于诗的形体则我们常看见它们在那里新陈代谢。拿中国的诗来讲，赋体在楚汉发展到了极点，便有"诗"体代之而兴。"诗"体的含性最大，它的时代也最长；自汉代上溯战国下达唐代，都是它的时代。在这长的时代当中，四言盛于战国，五古盛于汉魏六朝唐代，七古盛于唐宋，乐府盛的时代与五古相同，律绝盛于唐。到了五代两宋，便有词体代"诗"体而兴。到了元明与清，词体又一衍而成曲体。再拿英国的诗来讲，无韵体（blank verse）与十四行诗（sonnet）盛于伊丽沙白时代，乐府体（ballad measure）盛于十七世纪中叶，骈韵体（rhymed couplet）盛于多莱登（Dryden）、蒲卜（Pope）两人的手中。我们的新诗不过说是一种代曲体而兴的诗体，将来它的内含一齐发展出来了的时候，自然会另有一种别的更新的诗体来代替它。

但是如今正是新诗的时代，我们应当尽力来搜求，发展它的长处。就文学史上看来，差不多每种诗体的最盛时期都是这种诗体运用的初期；所以现在工具是有了，看我们会不会运用它。我们要是争气，那我们便有身预或目击盛况的福气；要是不争气，那新诗的兴盛只好再等五十年甚至一百年了。现在的新诗，在抒情方面，近两年来已经略具雏形；但叙事诗与诗剧则仍在胚胎之中。据我的推测，叙事诗将在未来的新诗上占最重要的位置。因为叙事体的弹性极大,《孔雀东南飞》与何默尔的两部史诗（叙事诗之一种）便是强有力的证据。所以我推想新诗将以叙事体来作人性的综合描写。

两行高大的树影矗立在两旁，我们已经走到槐路上了。雨滴稀疏的淅沥着。右望海水，一片昏黑，只有灯光的倒影与海那边的几点灯光闪亮。倒是为了这个缘故，我们的面前更觉得空旷了。

我们走到了团城下的石桥，走上桥时，两人的脚步不期然而然的同时停下。桥左的一泓水中长满了荷叶：有初出水的，贴水浮着；有已出水的，荷梗承着叶盘，或高或矮，或正或欹；叶面是青色，叶底则淡青中带黄。在暗淡的灯光之下，一切的水禽皆已栖息了，只有鱼儿喋喋的声音，跃波的声音，杂着曼长的水蚓的轻嘶，可以听到。夜风吹过我们的耳边，低语道：一切皆已休息了，连月姊都在云中闭了眼安眠，不上天空之内走她孤寂的路程；你们也听着鱼蚓的催眠歌，入梦去罢。

蹲在洋车上

萧 红

看到了乡巴佬坐洋车忽然想起一个童年的故事。

当我还是小孩的时候,祖母常常进街。我们并不住在城外,只是离市镇较偏的地方罢了!有一天,祖母她又要进街,命令我:

"叫你妈妈把斗风给我拿来!"

那时因为我过于娇惯,把舌头故意缩短一些,叫斗篷作斗风,所以祖母学着我,把风字拖得很长。

她知道我最爱惜皮球,每次进街的时候,她问我:

"你要些什么呢?"

"我要皮球。"

"你要多大的呢？"

"我要这样大的。"

我赶快把手臂拱向两面，好像张着的，鹰的翅膀。大家都笑了！祖父轻动着嘴唇好像要骂我一些什么话，因我的小小的姿势感动了他。

祖母的斗风消失在高烟囱的背后。

等她回来的时候，什么皮球也没带给我，可是我也不追问一声：

"我的皮球呢？"

因为每次她也不带给我；下次祖母再上街的时候，我仍说是要皮球，我是说惯了！我是熟练而惯于做那种姿势。

祖母上街尽是坐马车回来。今天却不是，她睡在仿佛是小槽子里，大概是槽子装置了两个大车轮。非常轻快，雁似的从大门口飞来，一直到房门。在前面挽着的那个人，把祖母停下，我站在玻璃窗里，小小的心灵上，有无限的奇秘冲击着。我以为祖母不会从那里头走出来，我想祖母为什么要被装进槽子里呢？我渐渐惊怕起来，我完全成个呆气的孩子，把头盖顶住玻璃，想尽方法理解我所不能理解的那个从来没有见过的槽子。

很快我领会了！看见祖母从口袋里拿钱给那个人，并且祖母非常兴奋，她说叫着，斗风几乎从她的肩上脱溜下去！

"呵！今天我坐的是东洋驴子回来的，那是过于安稳呀！还是头一次呢，我坐过安稳的车子！"

祖父在街上也看见过人们所呼叫的东洋驴子，妈妈也没有奇怪。只是我，仍旧头皮顶撞在玻璃镜那儿。我眼看那个驴子从门口飘飘的不见了！我的心魂被引了去。

等我离开窗子，祖母的斗风已是脱在炕的中央，她嘴里叨叨地讲着她街上所见的新闻，可是我没有留心听，就是给我吃什么糖果之类，我也不会留心吃，只是那样的车子太吸引我了！太捉住我小小的心灵了！

夜晚在灯光里，我们的邻居，刘三奶奶摇闪着走来，我知道又是找祖母来谈天的。所以我稳当当的占了一个位置在桌边。于是我咬起嘴唇来，仿佛大人样能了解一切话语。祖母又讲关于街上所见的新闻，我用心听，我十分费力！

"……那是可笑，真好笑呢！一切人站下瞧，可是那个乡下老还不知道笑自己。拉车的回头才知道乡巴佬是蹲在车子前面，放脚的地方，拉车的问：'你为什么蹲在这地方？'

"他说怕拉车的过于吃力，蹲着不是比坐着强吗？比坐在那里不是轻吗？所以没敢坐下……"

邻居的三奶奶，笑得几个残齿完全摆在外面。我也笑了！祖母还说，她感到这个乡巴佬难以形容，她的态度，她用所有的一切字眼，都是引人发笑。

"后来那个乡巴佬，你说怎么样！他从车上跳下来，拉车的问他为什么跳,他说:'若是蹲着吗,那还行,坐着!我实在没有那样的钱。'拉车的说:'坐着我不多要钱。'那个乡巴佬到底不信这话,从车上搬下他的零碎东西,走了。他走了!"

我听得懂,我觉得费力,我问祖母:

"你说的,那是什么驴子?"

她不懂我的半句话,拍了我的头一下,当时我真是不能记住那样繁复的名词。

过了几天祖母又上街,又是坐驴子回来的,我的心里渐渐羡慕那驴子,也想要坐驴子。

过了两年!六岁了!我的聪明,也许是我的年岁吧!支持着使我愈见讨厌我那个皮球,那真是太小,而又太旧了!我不能喜欢黑脸皮球,我爱上邻家孩子手里那个大的,买皮球,好像我的志愿,一天比一天坚决起来。

向祖母说,她答:"过几天买吧!你先玩这个吧!"

又向祖父请求,他答:"这个还不是很好吗?不是没有出气吗?"

我得知他们的意思是说旧皮球还没有破,不能买新的。于是把皮球在脚下用力捣毁它,任是怎样捣毁,皮球仍是很圆,很鼓,后来到祖父面前让他替我踏破!祖父变了脸色,像是要打我,我跑开了!

从此我每天表示不满意的样子。

终于一天晴朗的夏日，我戴起小草帽来，自己出街去买皮球了！朝向母亲曾领我到过的那家铺子走去，离家不远的时候，我的心志非常光明，能够分辨方向，我知道自己是向北走，过了一会，不然了！太阳我也找不着了！一些些的招牌，依我看来都是一个样，街上的行人好像每个要撞倒我似的，就连马车也好像是旋转着走。我不晓得自己走了多远，但我实在疲劳。不能再寻找那家商店；我急切的想回家，可是家也被寻觅不到。我是从哪一条路来的？究竟家是在什么方向？

我忘记一切危险，在街心停住，我没有哭，把头向天，愿看见太阳。因为平常爸爸不是拿指南针看看太阳就知道或南或北吗？我既然看了！只见太阳在街路中央，别的什么都不能知道，我无心留意街道，跌倒了在阴沟板上面。

"小孩！小心点！"

身边的马车夫驱着车子过去，我想问他我的家在什么地方，他走过了！我昏沉极了！忙问一个路旁的人。

"你知道我的家吗？"

他好像知道我是被丢的孩子，或许那时候我的脸上有什么急慌的神色，那人跑向路的那边去。把车子拉过来，我知道他是洋车夫，他和我开玩笑一般。

"走吧！坐车回家吧！"

我坐上了车，他问我，总是玩笑一般的：

"小姑娘！家在哪里呀？"

我说："我们离南河沿不远，我也不知道哪面是南，反正我们南边有河。"

走了一会，我的心渐渐平稳，好像被动荡的一盆水，渐渐静止下来，可是不多一会，我忽然忧愁了！抱怨自己皮球仍是没有买成！从皮球联想到祖母骗我给买皮球的故事，很快又联想到祖母讲的关于乡巴佬坐东洋驴子的故事。于是我想试一试，怎样可以像个乡巴佬。该怎样蹲法呢？轻轻的从座位滑下来，当我还没有蹲稳当的时节。拉车的回头来：

"你要做什么呀！"

我说："我要蹲一蹲试试，你答应我蹲吗？"

他看我已经偎在车前放脚的那个地方，于是他向我深深的做了一个鬼脸，嘴里哼着：

"倒好哩！你这样孩子，很会淘气！"

车子跑得不很快，我忘记街上有没有人笑我。车跑到红色的大门楼，我知道到家了！我应该起来呀！应该下车呀！不，目的想给祖母一个意外的发笑，等车拉到院心，我仍蹲在那里，像耍猴人的猴样，一动不动。祖母笑着跑出来了！祖父也是笑！我怕他们不晓得我的意义，我用尖音喊：

"看我！乡巴佬蹲东洋驴子！乡巴佬蹲东洋驴子呀！"

只有妈妈大声骂着我，忽然我怕她要打我，我是偷着上街。

洋车忽然放停，从上面我倒滚下来，不记得被跌伤没有。祖父猛力打了拉车的，说他欺侮小孩，说他不让小孩坐车让蹲在那里。没有给他钱，从院子把他轰出去。

所以后来，无论祖父对我怎样疼爱，心里总是生着隔膜，我不同意他打洋车夫，我问：

"你为什么打他呢？那是我自己愿意蹲着。"

祖父把眼睛斜视一下："有钱的孩子是不受什么气的。"

现在我是廿多岁了！我的祖父死去多年了！在这样的年代中我没发现一个有钱的人蹲在洋车上，他有钱他不怕车夫吃力，他自己没拉过车，自己所尝到的，只是被拉着舒服滋味。假若偶尔有钱家的小孩子要蹲在车厢中玩一玩，那么孩子的祖父出来，拉洋车的便要被打。

可是我呢？现在变成个没有钱的孩子了！

太太与西瓜
—— 萧红

五小姐在街上转了三个圈子,想走进电影院去,可是这是最末的一张免票了,从手包中取出来看了又看,仍然是放进手包中。

现在她是回到家里,坐在门前的软椅上,幻想着她新制的那件衣服。

门栏处有个人影,还不真切,四小姐坐在一边的长椅上咕哝着:

"没有脸的,总来有什么事?"

一个大西瓜,淡绿色的,听差的抱着来到眼前了。四小姐假装不笑,其实早已笑了:

"为什么要买，这个，很贵呢！"

心里是想，为什么不买两个。

四小姐把瓜接过来，吩咐使女小红道：

"刀在厨房里磨一磨。"

淡绿色的西瓜抱进屋去，四小姐是照样的像抱着别人给送来的礼物那样笑着，满屋是烟火味。妈妈从一个小灯旁边支起身来摇了摇手，四小姐当然用不着想，把西瓜抱出房来。她像患着什么慢性病似的，身子瘦小得不能再瘦，被个大西瓜累得可怜，脸儿发红，嘴唇却白。她又坐在门前的长椅上。

五小姐暂先把新制的衣裳停止了幻想，把那个同玩的男人送给的电影免票忘下，红宝石的戒指在西瓜上闪光：

"小红，把刀拿来呀！"

小红在那里喂猫，喂那个天生就是性情冷酷黑色的猫，她没有听见谁在呼喊她。

"你，你耳聋死……"

"不是呀，刘行长的三太太，男人被银行辞了职，那次来抽着烟就不起来，妈妈怕她吃了西瓜又要抽烟。"

四小姐忙说着，小红这次勉强算是没有挨骂。

西瓜想放在身后，四小姐为了慌张没有躲藏方便，那个女客人走出来看着西瓜了。妈妈说着：

"不要吃西瓜再走吗？"

小姐们也站起来,笑着把客人送走。

她们这回该集拢到厅堂分食西瓜来,第一声五小姐便嚷着:

"我不吃这样的东西,黄瓜也不如。"

抛到地板上,小红去拾。

太太下着命令叫小红去到冰箱里取那个更大的田科员送来的那个。

她们的架子是送来的礼物摆起来的!她们借着别人来养自己的脾气。做小姐非常容易,做太太也没有难处。

小红去取那个更大的去,已经拾到手的西瓜被叱呵,舍不得的又丢在地板上。

站在门栏处送来礼物的人也在苦恼着。

"为我找了十元一月薪金厨夫的职业,上手就消费了三元。"

但是他还没听见五小姐说的"黄瓜也不如"呢!